나는 셰프다

나는 셰프다

처음 펴낸 날 | 2014년 11월 21일

지은이 | 목혜숙

책임편집 | 조인숙

주간 | 조인숙
편집부장 | 박지웅
편집 | 무하유
마케팅 | 한광영

펴낸이 | 홍현숙
펴낸곳 | 도서출판 호미
출판등록 1997년 6월 13일(제1-1454호)
서울시 마포구 동교로 41길 32, 1층
편집 02-332-5084, 영업 02-322-1845, 팩스 02-322-1846
이메일 homipub@hanmail.net

디자인 | (주)끄레 어소시에이츠
출력 | 문형사, 인쇄 | 대정인쇄, 제본 | 성문제책

ISBN 978-89-97322-22-0 03810
값 | 16,000원

이 도서의 국립중앙도서관 출판시도서목록(CIP)은
서지정보유통지원시스템 홈페이지(http://seoji.nl.go.kr)와
국가자료공동목록시스템(http://www.nl.go.kr/kolisnet)에서 이용하실 수 있습니다.
(CIP제어번호 CIP2014031968)

글, 사진ⓒ목혜숙, 2014

(호미) 생명을 섬깁니다. 마음밭을 일굽니다.

사진가에서 셰프가 된 목혜숙의 이탈리아 요리 정복기

나는 셰프다

목혜숙 지음

초미

이 책을 내기까지 도움을 준 분들께 고마움을 전한다.

산 로렌초 레스토랑의 셰프 시모네. 라 브리촐라 레스토랑의 두 셰프 사비나, 다니엘레. 그리고 주인아저씨 알프레도. 라 브리촐라에 소개해 준 유리. 다시 만난 사진학교 친구들 잉겔, 로잔나, 쥬시, 파우스토. 향토 음식을 가르쳐 준 쥬시 어머니 마달레나, 잉겔 엄마 엘리사벳타…. 동생 정훈이를 비롯한 사랑하는 내 가족들.

이제, 시작이다

　이 책을 준비하는 동안 사계절이 두 번이나 지났다. 나이 마흔에 사진의 길을 접고 이탈리아에 가서 요리를 배우고 왔을 때부터 서울 부암동 자락에 조그마한 파스타 가게를 열기까지, 느림보 걸음으로 고군분투한 시간의 결과다. 그 이태 동안, 한편으로는, 레스토랑 두 곳에서 일하는 틈틈이 그릇 공방에서 내가 쓸 파스타 그릇 수십 벌을 직접 그림을 그려 마련하기도 했다.

　이 책의 출간과 동시에 문을 여는 내 첫 번째 파스타 가게 "다 파스타 Da pasta"는 "파스타 집"이라는 이름의 뜻처럼 평범한 이탈리아 밥집이다. 이 밥집에서 이탈리아 레스토랑에서 배운 요리 몇 가지와 이탈리아의 어머니들한테서 배운 소박한 가정식 요리로, 정성을 다해 사람들의 입과 마음을 즐겁게 해 주고 싶다. 내 손끝을 거친 정직한 음식들이 사람들의 마음을 풍요롭게 하고 몸을 건강하게 하기를 꿈꾼다. 어머니들의 마음을 닮고자 함이다. 그러면 이제 나도 떳떳하게 셰프라고 할 수 있겠다. 세상의 어머니들이 모두 훌륭한 셰프이듯이, "나도 이제 셰프다"라고.

이제, 시작이다. "늦은 나이에 너무 무모하다"는 주변의 걱정을 뒷전으로 하고 내 소박한 꿈을 향해 작은 용기로 첫 걸음을 내디딘 덕분에, 한걸음 한걸음 단계를 밟아 이윽고 새로운 인생을 시작하게 되었다. 그리고 그 과정을 되돌아보며 이탈리아 요리를 배우는 과정을 글로 정리하였다.

그리 길지 않은 경험과 아직도 부족한 게 많은 처지에, 감히 이탈리아 요리에 관한 책을 내는 것이 마음 한편으로는 적잖이 두렵기도 하다. 그러나 용기를 냈다. 삶의 새로운 전기를 꿈꾸면서도 망설이고 있는 "늙은 청년"들에게, 비록 빛나는 스펙이 없어도 돈이나 여건이 넉넉하지 않아도 뜻이 있다면 소신껏 새로운 일에 도전할 수 있다는 가능성을 보여주고 싶기 때문이다. 시작이 반이라는 속담처럼, 무슨 꿈이든 머리속에서 그려 보고 재 보며 궁리만 할 게 아니라, 일단 한 걸음을 내딛기를, 감히 권한다. 그 첫걸음에 이어지는 한걸음 한걸음이 힘겨울 수도, 때로 벽에 부닥칠 수도 있으리. 그럴 때마다 부디 "코라지오Coraggio(용기를 내세요)!"

2014년 가을 끝자락에
목혜숙

차례

책을 내면서

프롤로그-서울에서 이탈리아로

움브리아Umbria
뜨거운 여름 산 로렌죠 쿠치나에서 보조 셰프를 시작하다

토스카나Toscana

라 브리촐라에서 음식을 만나고, 사랑을 배우고

풀리아

친구 엄마 마달레나에게서 배운 요리

에필로그-이탈리아에서 서울로

마흔에 새로운 길을 향해 떠나다

어른들은 곧잘 아이들에게 "너는 꿈이 뭐니? 장차 무엇이 되고 싶니?" 하고 묻는다. 그럴 때마다, 어린 나는 황당한 느낌이었다. 꼭 무엇이 되어야 하나? 많이 살지 않아서 잘 알지도 못하는데···. 듣고 보고 경험해 본 것이 별로 없는 처지에 무엇이 되고 싶은지 알 턱이 없었다. 다만 한 번도 본 적 없는 세상 밖이 궁금했다. 정처 없이 세상을 돌아다니며 이것저것 보고 싶었다. 그러나 어른들을 실망시키지 않으려고 어른들이 좋아할 만한 그럴싸한 직업을 몇 개 둘러대며 반응을 살피곤 했다.

인생이란, 신기하고 재미난 일로 가득할 거라고 생각하던 시절이었다. 인생에 기쁨과 슬픔이 존재하고 고통도 뒤따른다는 것을 미리 안다면 신은 우리에게 "청춘"이란 시간을 선물했을 리가 없다.

무슨 일이든 일어나야 한다고 생각하던 이십대, 나는 또래들과 비슷한 인생길을 가는 데에는 도통 관심이 없었다. 여전히 그저 세상 밖이 궁금할 따름이었다.

그 즈음 아버지가 돌아가시고 힘든 계절이 몇 바퀴 지났다. 재미없고 답답한 회색빛 도시가 나를 우울하게 만들었다. 서울을 벗어나지 않으면 죽을 것만 같았다. 어디로든 떠나야 했다. 파란 지중해가 있는 이탈리아로 날아가는 꿈이 스멀스멀 일기 시작했다.

영화 속에서 보아 온 이탈리아는 왠지 나에게 근사한 인생을 선물할 것 같았다. 또로록 또로록 굴러가는 경쾌한 이탈리아 말은 마법의 나라 말 같았다. 세 해 동안 남몰래 저축하고, 퇴근 뒤에는 서울에 하나밖에 없는 이탈리아어 학원을 야금야금 다녔다. 그리고 마침내 1993년에 이탈리아로 떠났다. 비로소 숨을 쉴 수 있었다.

그곳에서 나는 자유로웠고, 나 자신과 진솔하게 만날 수 있었다. 이십대 청춘다운 뜨거움을 키우며, 사랑을 배우고 인생을 이야기하고 예술이 무엇인지 깊이 고민했다. 그리고 마침내 이국의 도시 밀라노는 조그만 재능만 가진 평범한 서울 촌년을 "작은 사진 예술가"로 만들었다. 기뻤다. 내 삶을 업그레이드시킨 그 시간들은 잊을 수 없는 경험이었다. 새로운 인생은 내게 커다란 선물을 주었다.

삼십대, 친구들이 현실을 보기 시작하면서 서둘러 결혼하고 집을 사고 둥지를 틀 때, 나는 여기저기 세상 속을 헤집고 다니며 사진을 찍었다. 어려서 막연히 꿈꾸던 대로 이곳저곳 새로운 나라의 공기를 마시면서 살아 있음에 감사하곤 했다.

미운 오래새끼 같은 그런 내게, 엄마는 청춘이 언제까지나 계속될 줄 아느냐며 조만간 "독거 노처녀"가 될 수 있다고 수시로 독설을 날리곤 했다. 엄마의 제동에도 아랑곳 않고 나는 세월을 즐겼다. 덕분에 남들보다 조금 더 긴 청춘을 보냈다. 그런 내가 어쩌면 남들 눈에는 현실적이지 못한 사람으로 비쳤을는지도 모른다. 하지만 그것이 내가 삶을 사는 방식임에랴.

사진가의 길에서 나름대로 열정적으로 일했다. 그런데 어느 날 돌아보니, 열 몇 해 세월이 쏜살같이 흘러 마흔살 문턱에 서 있는 게 아닌가. 내가 마흔이 되리라고는, 청춘일 때에는 상상도 하지 못했는데….

더는 흔들리지 않는다는 불혹의 나이에, 삶의 새로운 돌파구가 필요하다는 생각이 사무쳤다. 어디에서부터 무엇을 어떻게 시작해야 할지 이리저리 궁리하는 동안, 내 삶을 다시 한 번 성장시킬 시간이 왔음을 직감했다. "인생 이모작"이라고 했던가. 사진을 접고, 요리를 하자는 생각이 요동쳤다. 그와 동시에 당장 떠나야 한다는 생각이 들었다. 집착해 오던 것들, 타성에 젖은 일상을 털어 내고 싶었다. 익숙해진 습성에 안녕을 고하고, 남은 삶을 산뜻하게 살아야겠다 싶었다. 떠나야만 보이는 것, 한 곳에 머물러서는 결코 보이지 않는 길을 향해, 새로운 것을 시작하기 위해, 다시 떠나기로 했다.

단출한 싱글의 삶이라 해도 안정적인 생활 터전을 벗어나 떠나기란 쉽지 않았다. 그러나 "여행이란, 뒤돌아보고 싶지 않은 나에게서 떠나 결국 나에게로 돌아오는 것"이라는 글을 떠올렸다. 돌아오기 위해 떠나야 했다. 다시 이탈리아로! 젊은 날에 선택했던 곳, 행복한 추억이 깃든 이탈리아는 변함없이 내 자유의 지표였다.

그러나 막상 다시 떠나려니 마음만 가득했지 돈도, 용기도 부족했다. 더는 이십대 같은 청춘이 아니라, 걱정부터 앞세우는 나이가 되어 버린 것이다. 갈등의 시간이 왔다. 유학 시절부터 지금까지 즐겨 만들어 오던 것이려니와 서울에서도 얼마든지 배울 수 있는 "파스타"를 배우러 그 먼

곳까지 꼭 가야 하는 것일까. 게다가 글로벌 시티 서울에서는 이탈리아 음식점이 중국집만큼이나 흔해졌다. 본고장의 맛이냐 아니냐를 떠나, 이미 모두가 일상으로 먹고 있다. 카르보나라 파스타 소스도 인터넷 택배로 간단하게 주문하는 세상이다. 상황이 이럴진대, 내가 이탈리아에 가서 새삼 남다른 무엇을 배우고 얻을 수 있을까. 이런 회의와 저런 현실이 나를 가로막기 시작했다.

다시금 용기를 내어 떠나려면, 현실적인 문제를 일거에 떨쳐버릴 명분이 필요했다. 그 명분이 명확하면 망설임 없이 떠날 것이다. 나 자신에게 집요하게 묻고, 되묻고 하기를 한동안 이어 나갔다. 그리하여 얻은 결론이, "음식은 곧 문화"라는 생각이었다. 파스타 요리를 배우면서 그 음식을 낳은 현지의 문화도 함께 배워야겠다는 데에 생각이 미치자, 더 돌아볼 것도 없었다. 기꺼이 이탈리아 사람들의 식탁에 동참하기로 했다.

내가 장차 만들 파스타는 이탈리아 남부에 사는 친구의 "엄마 표" 오레키에테가 될 것이며, 새롭게 만날 친구들의 정답고 구수한 이야기가 담긴 음식이 될 것이다. 내가 사람들에게 내놓을 것은 이탈리아 파스타의 진짜배기 맛과, 그들의 소박하면서도 로맨틱한 식사문화가 될 것이다.

서울에 다시 돌아와서, 맛과 문화와 마음이 함께 어우러진 정겨운 소통의 공간을 만들고 싶다는 꿈을 품고서, 이탈리아 여러 지방을 다니면서 그들의 가정식과 레스토랑 음식을 모두 배우리라 작심하고, 나는 다시 이탈리아 행을 결단했다.

이탈리아 사람들은 전통(장인정신)을 존중한다. 그 나라에서는 새로이 시작하는 것은 좀처럼 만나기가 힘들다. 이탈리아 중소도시의 곳곳에는 아직도 백 년을 훌쩍 넘기거나 적어도 몇 십 년 된 피자집, 빵집, 레스토랑 들이 즐비하다. 그들은 가방을 만들든, 음식을 만들든, 무엇을 하든 장인정신으로 임한다. 그러기에 섣불리 새로운 것을 시작하지 않는다. 그러한 정신은 당대로 끝나지 않고, 다음 세대로 또 다음 세대로 대물림된다. 바로 이런 점이 이탈리아에 명품이 많은 이유이기도 하다. 한 그릇의 파스타에도 그 음식이 만들어지게 된 오래된 이야기가 담겨 있다. 그 이야기를 찾아 떠나기로 했다.

서울에 수없이 많은 요리 학원과 숱한 레시피를 등지고 열세 시간을 날아가 포도주처럼 깊은 맛을 내는 그들의 전통을, 장인정신을 배우러. 짐 보퉁이를 쌀 때부터 마음은 기쁨으로 설레었다.

인생의 터닝 포인트_결국 움브리아로 돌아오다

콘벤토il convento(수도원 호텔)에 어떻게 들어와 잤는지 기억이 가물가물했다. 정신없이 자고 일어나니, 손목시계는 여전히 한국 시간에 맞춰져 있었다. 몇 시쯤일까. 벽에도 그 어디에도 시계가 없었다. 창의 덧문을 젖히니 올리브밭이 한눈에 들어오고, 간밤에 비가 흩뿌렸는지 뭉게구름과 파란 하늘이 번갈아 고개를 내밀었다. 아, 피렌체Firenze, 창밖에 펼쳐진 이국의 풍경에 이탈리아에 다시 왔음을 실감했다.

공항으로 마중을 나와 준 친구 링고와 이틀 동안 신나게 피렌체를 구경하고 나니, 이탈리아가 금세 다시 친숙해졌다. 그 나라 말을 한다는 것은 생각보다 훨씬 편리했다.

이탈리아에서 요리를 배우는 것으로 내 인생의 새로운 전기를 꾀하기로 했지만, 이탈리아 말을 하는 것을 빼고는, 가진 것이 아무것도 없었다. 돈도 없고, 도와줄 사람도 없었다. 그래서 서울을 떠나올 때 마음먹은 대로, 레스토랑에서 일하면서 요리를 배워 볼 심산이었다. 요리학교는 학비가 비싼 것이 큰 걸림돌이기도 하지만, 사진을 공부하고 일해 본 경험을 통해 학교보다는 현장이 중요함을 이미 안 까닭이었다.

우선 피렌체 가까이 있는 와인 산지인 키안티, 몬테풀치아노 가운데 한 군데를 골라 둘러보기로 했다. 포도밭을 끼고 있는 도시마다 유명한 레스토랑이 즐비하기 때문이었다. 예전부터 가 보고 싶은 도시들이라서 토스카나에 있는 것이 꿈만 같았다. 우선 현지인들한테서 무한한 사랑을 받고 있는 몬테풀치아노에 가는 것으로 이탈리아에서의 첫 여행을 시작했다.

몬테풀치아노에 도착하니 날은 이미 어두워져 검푸른 유럽의 밤하늘에 별이 드문드문 나오기 시작했다. 서둘러 잠 잘 곳을 정해야 했다. 유일하게 허름해 보이는 자그마한 유스호스텔이 있어 들어가니 피곤에 지쳐 보이는 아주머니가 방을 안내했다.

아침 식사가 되는 도미토리오dormitorio(공동숙소)이지만 다른 여행자가 없어 나 혼자 방을 쓰게 되었다. 밖에서 피자 한 조각을 먹고 돌아와서, 잠자리에 들려는데 방문이 잠기지 않았다. 내려가서 문이 잠기지 않는다고 하니, 뚱뚱한 주인아주머니가 거꾸로 화를 냈다. 오늘 밤 손님은 너뿐이고 이 집에는 너와 나뿐인데 방문이 잠기지 않은들 어떠냐, 하고 되려 큰소리였다. 어이가 없었지만, 밤도 깊고 갈 데도 없어 꾹 참을밖에.

그렇게 며칠을 머물면서, 도시 구경도 하고 내가 머물 만한 곳인지 가늠해 보았다. 관광도시인 만큼 레스토랑이 많아서 일자리를 어렵지 않게 구할 것 같은데 도무지 방을 구할 수가 없었다. 그 아름다운 중세도시에 홀

페루지아의 어느 골목 풍경.

리다시피 했지만 아쉬움을 뒤로한 채 떨어지지 않는 발길을 돌려야만 했다. 내 두 번째 레스토랑이 된 라 브리촐라la briciola에서 일하기 위해 이 도시에 다시 올 줄이야, 그때는 꿈에도 생각하지 못했다.

그 뒤로 기차를 타고 중부의 도시들을 돌아보기 시작했다. 영화 "인생은 아름다워"에 나오는 아레조 Arezzo를 구경하고 방과 레스토랑을 둘러보았으나 흡족하지 않아서, 가까이에 유명한 요리학교가 있는 카무치아 코르토나 camucia cortona라는 작은 도시로 갔다. 이 도시는 죠바노티라는 이탈리아 뮤지션 때문에 유명해졌는데 산이나 숲 속에 있는 큰 레스토랑에서 "개인 요리수업"이 많다고 들었다. 규모는 몬테풀치아노와 비슷하지만 음악 페스티벌도 많고 훨씬 활기찼다. 무엇보다 활기찬 것이 마음에 들었다. 방을 구하려고 눈에 띄는 부동산으로 무작정 들어갔다. 인상 좋아 보이는 아저씨가 자신은 프랑코라며 인사를 했다.

"집"을 "사고파는" 곳이라고 쓰여 있는데도 나는 다짜고짜 셋방 하나를 구해 달라고 했다. 그러자 그는 어깨를 한 번 으쓱하고, 내 얼굴을 보더니 친구들에게 전화를 걸어 빈방을 수소문하기 시작했다. 내가 이렇게 저돌

부동산중개업자 프랑코.
창밖으로 보이는 올리브 나무 숲.

적으로 행동할 수 있었던 것은 친구 링고의 조언 덕분이었다. "베로니카 잘 들어. 이탈리아 사람들은 네가 무엇을 물어보면 이미 너를 도와줄 준비를 하고 있어. 그러니 모르면 물어 보고 말도 먼저 걸고 적극적으로 움직여야 해. 그러면 네가 구하는 것을 수월하게 얻을 수 있을 거야."

사실 그렇다. 이탈리아에서 살면서 가장 좋았던 점은 사람들이 다른 사람의 도움 요청을 절대 외면하지 않는다는 것이었다. 친절이 지나쳐서, 심지어 잘 알지 못하는 것도 아는 척하며 틀리게 가르쳐 주기도 하지만.

부동산 아저씨가 방을 알아보는 동안, 이곳저곳 다니며 도시 구경을 했다. 돌아오는 길에 창밖으로 보이는 저녁 야경이 무척이나 아름다웠다. 결국 방은 구하지 못했다. 오래되고 아름다운 작은 도시들은 방을 구하기가 어렵다는 단점이 있다. 고즈넉한 밤이 떠도는 이의 마음을 괜스레 흔들어 놓았다. 서둘러 떠날 준비를 했다. 이곳에서 가깝고 방 구하기가 한결 쉬운 대학 도시 페루자Perugia로 가기로 했다. 페루자는 움브리아 주의 수도인 만큼 레스토랑이 어디보다 많은 곳이기도 하다.

내 젊은 청춘을 보낸 페루자. 그러나 오래 전 추억을 되새기기에는 당면한 과제가 너무 많았다. 비용(생각보다 유로의 압박은 심했다)을 아끼려고 유스호스텔로 향했다. 서울을 떠나온 지 벌써 일주일이 넘었다.

유학 시절에 방을 얻어 살았으나, 페루자의 유스호스텔이 이렇게 아름다운지는 처음 알았다. 움브리아 재즈도 있고 관광도시라 그런지 모든 게 훌륭했다. 이튿날 아침, 건너편 침대의 엘레나와 눈인사를 했다. 식당에서 다시 마주치자 엘레나가 커피 한 잔을 권했다. 그녀는 그리스에서 왔는데, 열여덟 해 전 나와 같은 시기에 이곳에서 공부했고, 다시 돌아와 일을 찾고 있다고 했다. 그리스의 경제 사정이 몹시 어려워서 여기에서 일을 꼭 찾아야 한다는 것이었다.

이곳 유스호스텔은 아침 11시에서 오후 4시까지는 방을 비워야 하기 때문에 우리는 서둘러 나가야 했다. 열여덟 해 전에 공부하던 때의 기억을 떠올리며 도시를 천천히 둘러보았다. 맘마미아! 폰타나 분수대도, 두오모 대성당도, 몰려다니면서 먹고 마시던 뒷골목 맥주집도, 산 프란체스코 성당 앞 피자 가게도 모두가 그대로였다.

유스호스텔의 방값은 싼 편이지만 그래도 월세에 견주면 훨씬 비싸다. 나는 낭비할 돈이 없었다. 서로 공통점이 많아 금세 친해진 엘레나와 같이 서둘러 방을 구하기로 했다. 며칠을 고생하며 찾다가 시내에서 조금 멀지만 깨끗하고 전망 좋은 집을 찾았다. 언젠가는 꼭 다시 와서 살아 보고 싶었던, 마음의 고향 페루자로 돌아왔다. 날마다 파니노panino(작고 둥근 빵)와 물 한 병을 들고 힘차게 거리를 돌아다니며 레스토랑을 둘러보기 시작했다.

페루자 기차역.
페루자 유스호스텔 내부.

움브리아;

뜨거운 여름, 산 로렌초의 쿠치나에서
보조 셰프로 시작하다

Umbria

움브리아 주의 음식은

움브리아 주는 이탈리아의 스위스로 불리는 곳으로 맛있는 음식과 오래된 역사가 숨 쉬는 곳이다. 내가 살던 페루자만 해도, 기원전 도시로 에투루리아 인(로마노 이전에 이탈리아 반도를 장악했던 사람들)들이 세운 도시다. 길거리를 걷다 보면, 지금이 21세기인지 중세인지 착각이 들 정도다. 거리는 온통 시대를 거슬러 올라간다.

움브리아 주에는 유명한 음식이 꽤 있다. 무엇보다도 타르투포il tartufo(송로 버섯)의 주산지다. 세계 3대 진미 가운데 하나인 이 송로버섯은 흰색과 검은색 두 종류가 있고, 11월에서 3월 초까지만 난다. 빛깔 때문에 "검은 다이아몬드"라고도 불리는데, 땅속에서 자라기 때문에 잘 훈련된 개나 암퇘지의 후각으로만 찾을 수 있다. 돼지는 먹성이 좋아서 찾자마자 먹어 버리기 십상이라서, 요즘은 잘 훈련된 사냥개를 이용한다. 타르투포는 인공 재배가 불가능한 탓에 가격이 몹시 비싸서 식당에서도 아껴 가며 쓴다. 처음 접한 사람들도 쉬이 좋아할 수 있는 특이한 맛과 향을 가지고 있다. 나도 처음 먹어 보고서 금세 그 맛에 반했다.

안티카 트라토리아 산 로렌초 레스토랑의 시모네를 위시해 이곳의 셰프들은 거의 모든 음식에 이 타르투포를 쓴다. 움브리아에서 길을 걷다 보면, 레스토랑마다 메뉴에 타르투포를 가미한 "무엇 무엇"이라고 써 놓았다. 그런 만큼 이 타르투포를 맛보려 움브리아를 찾는 관광객들도 많다. 타르투포는 영어로는 "트러플Truffle," 불어로는 "트뤼프Truffe"라고 한다.

이탈리아는 전 지역이 올리브 산지이며, 지역마다 올리브 기름의 특색이 다 다르다. 움브리아는 그 중에서도 올리브 기름 생산량이 많은 곳으로 꼽힌다. 호수가 많은 움브리아는 주로 호수 주변에 올리브 농장이 많다. 그래서인지, 올리브 열매가 윤기가 나고 투명한 느낌이며 엷은 녹색을 띤다. 맛과 향이 강하고 쓴맛이 난다. 이곳 음식의 대부분은 올리브 기름을 두르고 구우며, 맨 마지막에 허브를 첨가해서 향을 더한다.

봄과 여름철에는 채소가 흔하지만, 겨울 사냥철에는 고기를 구해서 소시지를 만든다. 우리가 겨울을 나기 전에 김장을 하듯이, 움브리아 지역 사람들은 겨울이면 살라미salame와 살시차 salsiccia(이탈리아 소시지로, 돼지고기를 갈아 거기에 갖가지 허브를 넣어서 공기 중에서 말려 발효시킨 다)를 만들어 먹는다.

이탈리아를 떠돌며 여행을 하다 보면, 어딜 가나 그 지역에서 열광하며 먹는 음식이 있다. 산

살라미를 쓴 음식 접시.
움브리아 노천 카페

로렌초 식당에서 일할 때, 어느 날 셰프 시모네가 나에게 노르치나norcina라고 하는 움브리아 전통 파스타를 해 준 적이 있다. 포모도로pomodoro(토마토)를 넣지 않아 빛깔이 흰 이 파스타 는 들어가는 재료가 몹시 간단한데도 각별히 맛있다.

"양파와 마늘은 잘게 다진 뒤 올리브 기름으로 향을 내고, 로즈마리 다진 것을 조금 넣고 살시 차를 넣어 으깨며 볶다가, 생크림(판나panna)을 넣고 소금과 후추로 간을 한다. 여기에 삶은 면 을 넣고 비빈 뒤에 타르투포를 가미해서 먹는다."

시모네 셰프는 이 음식이 움브리아 전통식이니 알아 두라고 했다.

또 하나 페루자의 별미로 포르케타la porchetta라는 것이 있다. 새끼 돼지 통구이로, 길거리를 걷다 보면 파니니panini를 파는 곳에서 작은 새끼 돼지를 통째로 구운 것을 칼로 썩썩 썰어서 파니니에 끼워 주는 것을 쉽게 볼 수 있다.

이 밖에도 움브리아에는 "움브리아 표" 전통 음식과 특산물이 여럿 있다. 이탈리아에서 요리를 익히는 동안에 나는 향토 특산물을 마음껏 먹었다. 좋은 셰프가 되려면 그 맛을 입으로 기억해야 하기 때문이다. 언젠가 유명한 이탈리아 셰프가 나에게 들려준 말이 있다. "머릿속에 레시피를 담아 가지 말고, 네 혀로 맛을 기억해서 가라."

움브리아 채즈 축제.
움브리아 깃발 축제.

시간이 나면 재래시장(메르카토il mercato)으로 달려가서 그 지역에서 가장 흔하고 싼 특산 음식을 먹곤 했다. 움브리아에 머무는 동안, 산 로렌초 레스토랑에서 일하며 시모네에게서 전통 음식부터 퓨전 요리까지 여러 가지를 배웠다.

페루자.

미치광이 셰프 시모네

시모네를 처음 만났을 때 그는 그의 레스토랑 "안티카 트라토리아 산 로렌초Antica Trattoria San Lorenzo" 현관에서 나에게 냅다 소리를 질렀다. 나는 그때 레스토랑을 돌며 보조 셰프로 일할 곳을 찾고 있었다. 우연히 들른 산 로렌초 식당에서 그곳의 주인이자 셰프인 그에게 보조 셰프로 일할 곳을 찾고 있다고 말했다. 그는 나를 한번 쓱 보더니, 다음 날 7시에 다시 와 보라면서 나를 우악스럽게 밖으로 내쫓았다. 어찌나 태도가 험악한지, 어안이 벙벙했다. 그와 만나기로 약속은 했지만 나는 가지 않았다. 페루자에 도착하자마자 이 도시의 온 레스토랑을 헤집고 다니며 마음에 드는 곳을 찾고 있던 터라, 인상이나 태도가 괴팍한 그의 레스토랑에 갈 마음은 전혀 없었다. 그러나 움브리아 축제와 긴 바캉스 철이 시작되어서인지, 의외로 대부분의 레스토랑이 이미 일하고 있는 사람들이 있다는 둥 이런저런 이유를 대며 퇴짜를 놓았다. "다시 오라"는 말을 남긴 사람은 오로지 시모네뿐이었다. 어쩔 수 없이, 약속한 날을 하루 넘겼지만, 무조건 찾아갔다. 시모네는 다짜고짜 "어제 너를 기다리느라 시간을 허비했다"고 소리를 질러 댔다. 나는 미안하다는 표정을 지으며, 말을 못 알아들었노라고 변명했다.

시모네는 사십대 초반으로 외모가 전형적인 이탈리아 사람답게 생겼다. 다만, 대체로 잘생기고 쾌활해 보이는 일반적인 이탈리아 남자들에 견주어, 인상이 좀 험상궂은 편이고 늘 화가 난 듯한 표정으로 잘 웃지 않는다는 점이 남달랐다. 그리고 셰프들은 대체로 좀 뚱뚱한 편인데, 그는 살집 하나 없이 말랐다. 나중에 안 사실이지만, 자기 관리가 꽤 철저한 덕분이었다. 아무튼 깡마른 몸에 화가 난 듯한 험악한 얼굴만 해도 정이 가지 않는데, 온몸에 문신까지 한 그는 첫인상이 꼭 "조직 폭력배" 같았다. 이탈리아에서는 문신이 예사롭고 흔한 줄 알고 있었지만, 그에 대한 내 선입관은 그랬다. 알다시피 유럽에서 가장 섹시하고 잘생긴 남자가 많은 이탈리아에서 하필이면 성격도 괴팍하고 인상도 험악한 셰프 밑에서 일하게 될 줄이야.

시모네가 셰프의 길로 들어선 지는 이십오 년이 넘는다고 했다. 이탈리아에서 요리전문고등학교를 졸업한 뒤에, 미국과 프랑스에서도 요리학교에 들어가 공부하고, 보조 셰프로 여러 나라를 떠돌다가, 2000년에 페루자에 돌아와 "안티카 트라토리아 산 로렌초"를 열었다.

산 로렌초 식당은 백오십 년 넘게 레스토랑이 있던 자리다. 주인이 여러 번 바뀌었고 그때마다 주인의 성격에 따라 특색은 달랐겠지만, 그 긴 세월 내내 그 자리는 식당이었다. 그러니까 이곳은 1860년 무렵부터 백오십 년 동안 줄곧 식당이었으니, 헤아릴 수 없이 많은 사람이 와서 식사를 한, 수많은 이야기가 겹겹이 서린, 역사의 장소다. 아치형 기둥으로 둘러싸인 식당이 새롭게 보였다. 지금 시모네가 운영하고 있는 산 로렌초는 아주 우아하고 품위가 있다. 백오십 년 전 그 옛날의 산 로렌초는 어떤 모습이었을까.

시모네는 1980년대 후반 한국의 조선호텔에서 보조 셰프로 일한 적이 있

안티카 트라토리아 산 로렌초 식당의 현판.

어서 한국에 대해서 어렴풋이 좋은 기억을 갖고 있었다. 특히 우리나라에 전통 소스가 많다고 무척 부러워했다. 게다가, 내가 이곳에 오기 전에 어떤 한국 청년이 와서 요리 실습을 하고 갔는데 그 청년은 타고난 요리사였다며 칭찬을 아끼지 않았다. 그래서 내가 한국 사람이라는 말을 듣고는 대변에 아무 경험도 없는 나를 쓰기로 마음먹고, 다음 날 오라고 한 것이었다. 성실하고 재능 있는 그 한국 청년이 얼마나 고마웠는지.

시모네는 일할 때면 몹시 퉁명스럽고 말도 걸지 못하게 한다. 나는 속으로 "그렇게 오랜 세월 일을 해 왔으면서 예민하기는" 하며 수시로 그의 괴팍한 성격을 욕하곤 했다. 찾는 식재료가 일 분, 일 초라도 그의 눈앞에 없으면 불호령을 내리는, 정말 거지 같은 성격이었다. 보조 셰프들이 한 음식이 마음에 들지 않으면 소리를 지르고 그 자리에서 음식을 엎어 버리는 건 다반사였다.

"쿠치나cucina(부엌)에서는 악마지만 최고의 셰프이고 음식 만드는 것을 가장 사랑한다. 그러나 주방 밖에서는 그저 평범한 한 사람일 뿐이니, 두 사람의 내가 존재한다. 그런 나를 참을 수 있겠느냐?" 시모네가 내게 물었다.

어쩌겠나, 일을 하려면 참아야지. 그렇지만 더러 그의 성질을 참는 데에 한

계를 느끼기도 했다. 어쨌든 그는 쿠치나에서는 참으로 "악마 같은 예술가"였다. 오 분에서 십 분 사이에 흰 접시 위에 기막힌 솜씨로 그림을 그려 냈다. 흰 타원형 접시에 오징어 먹물을 묻혀 수묵화를 그리듯 붓질하고, 그 위에 세련되고 고급스러운 식재료를 얹고, 고기와 생선에 따라서 저마다 다른 허브를 얹어 장식한다. 삽시간에 꾸며진 접시는, 내가 정신을 차릴 겨를도 없이, 소믈리에이자 십이 년 동안 시모네와 같이 일을 한 웨이트리스 크리스티나가 손님 식탁으로 내간다. 그 아름다운 접시들이 줄줄이 손님들에게 나가는 것을 보고 얼마나 감탄했는지 모른다. 내가 사진을 하지 않았다면 이해하지 못했을 "구성과 색깔"에 가슴이 뛰었다.

'셰프가 되는 것은 이런 것이야. 이렇게 아름다운 접시를 만들 수 있는 거야!' 그러면서 사진가의 길과 요리사의 길이 크게 다르지 않음을 깨달았다. 성격을 제어하지 못해 미치광이처럼 폭발할 때가 많지만, 시모네가 더없이 멋져 보였다.

예술을 이해하는 셰프, 시모네, 그가 아니면 나는 음식이 예술이 될 수 있다는 것을 알지 못했을 것이다. 내 심장은 한 번 더 뛰었다. 토마토, 가지, 호박, 갖가지 허브와 저마다 다른 색과 향을 자랑하는 과일들이 참으로 고맙고, 예뻐 보였다. 나도 모르게 빨갛고 노란 피망을 눈여겨보게 되고, 가지의 보라색을 유심히 들여다보게 되었다.

어느 날 시모네는 파스타 다음에 먹는 주요리 "세콘도 피아토secondo piatto("두 번째 요리"라는 뜻으로, 고기 또는 생선을 쓴다)"로 참치 요리를 선보였다. 아름답고 깔끔하게 접시를 완성해 가는 과정을 내게 보여 주었다. 시모네가 나를 시험하려는 엉큼한 계획을 갖고 있는지도 모른 채로, 나는 그저 감탄만 하고 있었다. 일주일쯤 지났을 때, 시모네가 나에게 참치로 세콘도 피아토

시모네 셰프.
시모네의 쿠치나.
한 폭의 동양화 같은 시모네의 요리.
문어와 모차렐라 치즈로 만든 세콘도 피아토.

를 만들라고 주문하였다. '뭐라고, 맘마미아! 제기랄!' 마음속으로 알고 있는 이탈리아 욕을 총동원했다. '왜, 나보고 하라는 거야.' 나는 허둥대기 시작했다. '미친 게야, 저 셰프가. 들어온 지 며칠이나 됐다고.'

접시는 여러 가지가 있다. 선택은 나의 몫이었다. 접시에 따라 디자인도 달라진다. 생선을 담는 접시로는 긴 것, 정사각형, 마름모꼴, 타원형이 있다. 나는 긴 것을 선택했다. 다행히 며칠 전 시모네가 내 앞에서 만드는 것을 보여 주었을 때 그날 밤 집에서 노트에 정리해 둔 덕분에, 가까스로 기억을 더듬으며 접시를 꾸몄다.

떨리는 손으로 시모네에게 접시를 내밀었다. 얼떨결에 한 음식이지만, 내가 처음으로 만든 요리가 손님의 식탁에 올라간다니 무척이나 떨리고 흥분되었다. 예전에 내가 찍은 사진이 처음 신문에 실리던 순간만큼 큰 감동이 밀려왔다.

그가 씩 웃으며 말했다. "완벽해, 자질을 갖고 있어. 열심히 해 봐. 나는 너를 처음 봤을 때 이미 알아봤어. 나랑 같이 일 년만 일하면 나처럼 될 수 있을 거야." 칭찬에 인색한 저 "악마" 마에스트로가 지금 무슨 말을 하는가 싶었다. 가뜩이나 떨리는 심장이 진정되지 않는데….

그 일은 내 기본 자질을 시험하는 불심검문인 셈이었다. 아무튼 나는 그의 테스트를 무사히 통과했다. 그날 좀처럼 흥분이 가라앉지 않는 가슴을 부여잡고, 내 음식을 먹은 사람에게 수없이 감사하다고 마음속으로 인사를 했다.

그날 밤, 떨림과 기쁨으로 잠을 제대로 이루지 못했다!

참치 세콘도 피아토 tonno secondo piatto

재료 참치, 살사 베르데salsa verde, 아보카도, 검은쌀, 올리브 기름, 버터, 간장, 방울토마토, 검은깨
파파베로(양귀비 씨), 발사믹

1. 검은쌀은 살짝 쪄서 살사 베르데(여러 종류의 허브를 다져 만든 소스)와 버터를 조금 넣어 볶는다.

2. 참치는 검은깨와 파파베로를 같이 묻혀서 버터를 두른 팬에서 겉만 살짝 익히고 참치 속은 날 것으로
   둔다.

3. 쪄서 볶은 검은쌀을 접시에 올린다. 검은쌀 위에 아보카도를 반달 모양으로 올린다. 살짝 익은 참치는
   네모지게 자르고, 그 위에 코코넛 가루를 뿌리고 간장을 두른 뒤 길쭉한 접시에 직사각형의 참치를 얹
   으니 접시 한 켠이 허전하다. 어떻게 했더라, 맞아.

4. 시모네는 발사믹과 방울토마토로 난을 쳐서 접시의 빈 구석을 디자인했다. 나도 비슷하게 흉내 냈다.

팬에 얹은 참치를 겉만 살짝 익힌다.
완성된 참치 세콘도 접시.

18년 전, 루이자 선생님과 먹던 그 맛 그대로

이탈리아 중부 움브리아 주의 중심도시인 페루자에는 세계적으로 유명한, 외국인을 위한 어학대학교(universita per stranieri)가 있다. 도시가 작고 아름다운데다 학비도 비싸지 않아서 이탈리아어를 배우려는 외국인들은 모두 이곳으로 모여든다. 그래서 세계 각국의 젊은이들을 한자리에서 만날 수 있는 이탈리아 속의 작은 지구촌을 이룬다.

18년 전, 나는 밀라노에서 사진을 공부하기에 앞서 이곳 페루자에서 어학 과정을 밟았다. 학생들 모두가 어른이지만 학기 초엔 저마다 제 나라에서 도착한 지 며칠밖에 안 된, 듣지도 못하고 말하지도 못하는 백지 상태의 어린아이 같았다. 한 달쯤 지나자, 다른 나라 친구들과 엉터리 이탈리아어를 지껄이며 희희낙락 청춘을 즐기게 되었다. 그런 우리들 한가운데, 웃음이 맑은 루이자 트라몬타나 선생님이 있었다. 선생님의 수업 시간은 재미있고 쉬웠다. 우리가 단어를 잘 몰라서 이를테면 "팔"을 "작은 다리"라고 표현할라치면 선생님은 웃으며 바로잡아 주었고, 우리 같은 이방인이 표현하는 이탈리아어를 무척 재미있어했다.

루이자 선생님은 가끔 집으로 우리를 초대했다. 선생님은 결혼한 지 얼마 안 된 새댁이었다. 외국에서 온 얼빠진 청년들을 집으로 초대하여 이 음식 저 음식을 대접하며 이탈리아의 이모저모를 알려 주곤 했다. 천사가 따로 없었다. 우리는 선생님의 한 살짜리 딸 비안카, 세 살짜리 아들 프란체스코와 뒤 엉켜 놀다가, 선생님이 차려 놓은 음식을 뚝딱 먹어치우곤 했다.

선생님이 수업 삼아 들려주던 이탈리아의 음식 이야기는 유학 시절 내내 참으로 유용했다. 프로시우토prosciutto(햄)를 멜론에 감아 먹는 안티파스토 antipasto(전채)를 처음 먹었을 때, 과일과 햄의 조합이 주는 예상 밖의 맛은 놀라움 그 자체였다. 머리를 한 대 맞은 느낌이었다. 또 이탈리아의 식사 코스도 자연스럽게 배웠다. 이탈리아 음식은 아페르티보aperitivo(애피타이저), 안티파스토, 프리모 피아토primo piatto("첫 번째 요리"로, 파스타나 리조또), 세콘도 피아토secondo piatto(고기나 생선류), 돌체dolce(디저트)의 순서로 나온다.

루이자 선생님 집에서 식사 대접을 받으며 우리는 이탈리아 문화와 언어에 익숙해져 갔다. 그리고 여섯 달에 걸친 어학 공부 과정을 마치고 각자의 전공 학교가 있는 로마나 밀라노로 떠났다. 마음의 고향 페루자를 가슴에 품고서 말이다.

밀라노에 가서 넉 달쯤 지난 그해 크리스마스, 오갈 데 없는 우리 유학생들에게 선생님한테서 전화가 왔다. 비안카와 프란체스코가 우리를 많이 보고

루이자 선생님의 아들과 딸.
18년 전 루이자 선생님과 제자들 사진.

싶어한다는 말과 함께, 크리스마스 때 만일 다른 계획이 없으면 선생님 가족과 함께 보내자는 연락이 온 것이다.

선생님 집에 들어서는 순간 포근하고 익숙한 냄새를 느꼈다. 그것은 가족의 냄새, 고향의 냄새였다. 멋지게 차려진 크리스마스 식탁 위에 우리의 이름표가 있고, 그 옆에는 아주 작은 선물이 같이 놓여 있었다. 처음 맞는 이국에서의 크리스마스, 그 따뜻한 불빛과 음식 냄새는 평생 잊지 못할 것이다. 선생님의 식탁은 언제나 풍성했고, 그것이 곧 이탈리아에 대한 대표적인 기억이 되고 말았다.

루이자 선생님이 해 주던 여러 음식 중에서도 나는 카초 에 페페cacio e pepe가 가장 인상적이었다. 카초 에 페페는 치즈(cacio)와 후추(pepe)로 맛을 낸 파스타다. 그날도 선생님은 어김없이 카치오 에 페페를 준비하였다. 어마어마한 다른 크리스마스 음식과 함께. "베로니카(내 세례명이다. 이탈리아 친구들은 나를 "숙"이나 "베로니카"로 불렀다), 네가 이 음식을 좋아해서 오늘도 준비했다"며 선생님은 씽긋 웃었다. 얼마나 먹고 싶었는지, 밀라노에서 공부하는 동안 이 간단하고 단순한 음식이 늘 그리웠다. 뜨근한 파스타가 내 목젖을 타고 내려갈 때 느껴지던 고향 같은 맛. 스파게티 국수에 치즈와 후추 두 가지 재료로 맛을 냈을 뿐인데, 고소하고 담박한 그 맛이 일품이었다. 갓 지은 흰 쌀밥에 엄마가 집에서 담근 보리고추장을 넣고 비벼 먹는 느낌이랄까.

나는 운명에 이끌려서 18년이 지나, 다시 페루자로 돌아왔다. 페루자에 도착해서 가장 먼저 한 일은 루이자 선생님을 찾는 일이었다. 어학대학에 가서 안내에게 떨리는 목소리로 루이자가 아직도 일을 하고 있느냐고 물었다. "루이자 어떤 루이자지. 음, 루이자 트라몬타나. 그분 아직도 여기서 일하고 있어요."

야호! 여전히 건강하게 학생을 가르친다는 소리를 들으니 더없이 반가웠다. 선생님을 만나려고 여러 차례 학교에 갔지만, 수업 시간을 잘 가르쳐 주지도 않을 뿐더러, 몇 호실로 가 보라고 해서 찾아가면 엉뚱한 선생이 있었다. 이탈리아에서는 어딜 가나 행정이 엉망인 편이다. 이탈리아 사람들도 지긋지긋해할 정도다. 나는 그들에게 묻기를 포기하고, 직접 부딪쳐 보기로 했다. 수업이 끝나는 시간에 맞춰 정문에서 선생들이 우르르 나올 때 목을 쭉 빼고 루이자를 찾았다. 그러나 번번이 허탕이었다. 마치 선생님이 어디론가 꽁꽁 숨어 버린 듯했다. '언젠가는 선생님을 꼭 만날 수 있을 것이다. 페루자는 도시가 작아서 하루에도 같은 사람을 다섯 번도 넘게 마주치는 곳이 아닌가, 꼭 만나리라.'

시내 중심부에 있는 산 로렌초 레스토랑에서의 오전 일이 끝나면, 피아차 노벰브레 광장을 빠져나와 바로 앞 두오모 성당 건너편 그늘진 계단에 가서 앉아 있곤 했다. 많은 사람이 두오모 성당 계단에 앉아 일광욕을 하거나 책을 읽고 있지만, 40도가 넘는 쿠치나에서 일하다 나온 나는 건너편 그늘에 앉아 시원한 바람에 땀을 말리며, 행여나 오늘은 루이자 선생님을 만날 수 있을까

두오모 성당 앞.
코르소 반눈치 거리.

하는 마음으로 코르소 반눈치 거리를 두리번거렸다.

18년이 흘렀으니 선생님은 지금 아마도 오십대 초중반이리라 싶어, 나이 든 아주머니들을 유심히 보았다. 길거리에서 사람을 찾는 일이 그리 쉽지는 않았다. 그날도 계단에 오도카니 앉아 있는데, 걸어오는 사람들 무리 속에서 아주머니 두 명이 눈에 들어왔다. 갈림길에서 내 앞으로 점점 더 가까이 오는 그녀들. 누구지? 누가 루이자와 더 비슷하지? 선택을 해야 했다. 빠른 걸음으로, 걸어오는 두 아주머니가 내 앞을 지나치려 했다. 갈등의 순간이었다. 결국 두 사람 가운데 한 소년과 얘기를 하며 걸어가는 아주머니를 찍었다. 달

거리에서 만난 루이자 선생님과 아들
요리를 준비하는 루이자 선생님.

려가 그에게 물었다. "혹시 루이자 트라몬타나 아니세요?" 그가 나를 빤히 쳐다보며 웃는다. "십팔 년 전 당신에게서 배우던 학생이에요." "음, 베로니카! 내가 아는 꼬레아나는 작은 숙녀였는데, 내 앞에 있는 이 아주머니는 누구지?" "저요, 저. 아주머니라니요. 그러는 선생님도 그 예쁘던 루이자는 아니네요. 왜 이렇게 늙으셨어요." 서로 웃기 시작했다. 선생님과 나는 얘기를 시작하고 일 분 만에 서로를 알아보았다. 세월이 그렇게나 흘렀는데도 말이다. 그 순간은 18년 전으로 시간이 되돌아간 것 같았다.

인터넷도 이메일도 없던 시절, 연락도 없고 어쩌다 편지만 주고받았을 뿐 우리가 다시 만나게 되리라고는 생각도 못했다. 내가 운명처럼 페루자로 다시

돌아와 요리를 배우게 된 것처럼…, 어떤 강한 인연으로 선생님을 다시 만난 것이다.

나는 쿠치나의 보조 셰프로 바쁜 나날을 보내고 있었다. 페루자에서의 생활도 다섯 달이 넘어가고 있었다. 어느 날 선생님한테서 전화가 왔다. 크리스마스 즈음 집으로 초대하겠다는 것이었다. 내가 좋아하는 카초 에 페페만 해준다면 한달음에 뛰어가겠노라고 했다.

선생님 집으로 들어서는데 18년을 격한 세월이 무색하게 익숙했다. 집 이곳저곳을 두루 살피며 옛날에 같이 놀던 비안카와 프란체스코의 안부를 묻는데, 수염을 기른 키가 큰 청년이 불쑥 나타나 내게 듀에바치due baci(이탈리아식 볼인사)를 하며 까칠한 수염을 문지르는 게 아닌가. "네가 혹시 프란체스코, 그 말썽꾸러기?" 아 정말, 빌어먹을 세월이여. 그는 근사한 청년이 되었고, 난 아줌마가 되어 버렸다.

지난 세월을 이야기하며 카초 에 페페를 함께 준비했다. 선생님 집에서 먹는 18년 만의 식사였다. 포크로 스파게티를 휘휘 감아 먹는데 웃음이 절로 피어났다. 식사를 한 뒤 옛날 사진을 뒤적이며, 선생님의 젊은 시절, 내 이십대 사진을 보며 즐거워했다. 그동안 가르친 학생들 사진이 한 보따리였다. 그는 타고난 선생이었다. 그의 삶이 사진에 알알이 어려 있는데, 거기에 나도 자그마한 한 자리를 차지하고 있었다.

선생님 오 년 뒤, 십 년 뒤에도 또 만나요. 꼭!

카초 에 페페cacio e pepe

재료 파스타, 소금, 후추, 파르마 산 치즈(또는 양젖 치즈), 올리브 기름

이 파스타의 특징은 만들기가 아주 간단하다는 점이다.

1. 일단 스파게티를 끓일 물을 준비한다. 한 움큼 굵은 소금을 넣고 물을 펄펄 끓인다. 다른 한편에는 갈 아 놓은 치즈를 준비해 둔다.

2. 팬에 올리브 기름을 두른 뒤 치즈를 넣어 녹인다. 치즈가 살짝 녹으면서 약간의 끈기를 띤다.

3. 이때 뜨거운 물을 조금 부어서 팬의 치즈가 걸쭉해지게 한 뒤, 옆의 솥에서 조금 덜 삶은 면을 재빨리 팬 속으로 옮긴다. 그때 덜 익은 면을 치즈 속에서 더 익힌다.

4. 면이 알 덴테al dente(살짝 설익은 상태)로 완성되면, 굵은 치즈를 쓱쓱 긁어서 접시에 넣고 후추를 마구 뿌려 준다. 맛깔스런 치즈를 얹어 접시에 내면 끝이다.

파스타 면을 치즈와 함께 섞는다.
완성된 카초 에 페페.

드디어 음식을 만들다

레스토랑에 처음 일을 하러 가던 날, 나는 무척이나 떨렸다. 지금까지와는 완전히 다른 세계로 들어가는 것에 대한 긴장감이었다. 두 번 숨을 크게 쉬고 레스토랑 뒷문(셰프들만 들어가는 문)으로 들어갔다. 맨 먼저 셰프 옷으로 갈아입고 다른 셰프들이 오기를 기다렸다. 출근은 11시 반이다. 난생 처음 쓴 셰프 모자가 왜 그렇게 어색하던지. 모두 셰프 옷으로 갈아입으니 비로소 쿠치나가 완전해 보였다.

모든 게 처음이고 생소한 주방 여기저기를 들여다보며 신기해하고 있자니, 비아지오(세컨드 셰프로, 한 달 동안 같이 일했다)가 로즈마리와 살비아salvia(샐비어, 영어는 세이지sage, 허브의 한 가지)를 한 움큼 들고 와서 나더러 다지라고 했다. 로즈마리는 상당히 건조한 허브. 게다가 냉장고에 여러 날 있어서 바짝 말랐다. '이것을 다지라고?' 어떤 칼을 사용해야 하는지 물어 본 뒤에 정말 열과 성을 다해 다지기 시작했다. 아무래도 나를 시험해 보려고 시킨 일 같았다. 그래서 더 열심히 온힘을 다해 다졌다. '다지는 음식이 많은 나라, 꼬레아의 매운맛을 보여 주겠어.' 마침내 갈아 놓은 듯이 다져 놓으니 모두 그만하라고 했다. 가뜩이나 긴장을 한 상태에서 있는 힘껏 다져서 어깨가 빠지는 것 같았다.

첫 임무를 무사히 끝내고 어영부영하다 보니 시간이 지나갔다. 어색하게 점심을 먹고 난 뒤에 비아지오는 내게 무슨 일거리를 주어야 할지를 고민하는 눈치였다. 시킨 일을 다 하고 멀뚱히 서 있는 내게, 그는 십 분에 걸쳐 빠른 이탈리아 말로 쿠치나 안팎의, 삼십여 개가 넘는 냉장고에 분류되어 있는 음식들을 가르쳐 주며 다 기억해 두라고 했다.

'기억하라고, 생전 처음 보는 음식에 들어 보지도 못한 허브들을….' 쿠치나 밖에도 어마어마한 크기의 냉장고가 세 개 더 있는데, 하나에는 야채, 또 하나에는 젤라또와 돌체, 마지막 하나에는 갖가지 치즈가 들어 있었다. 이것

이름도 다양한 갖가지 허브.
스프레 디 페코리노, 돌체.

들 또한 죄다 기억하라고 한다. 레스토랑 입구 바로 앞에는 와인이 가득한 냉장고가 있는데, 그것은 소믈리에인 크리스티아나의 전용 냉장고이니 건드리지 말라고 했다. 그러면서 두 번 설명하지 않겠다고 잘라 말했다.

삼십여 개의 크고 작은 냉장고의 칸칸에, 고기, 생선류, 콘토르니contorni(조리된 모음 야채), 돌체 등등 자기들이 수년 동안 분류해서 정리해 놓은 식재료들을 나에게 삽시간에 말해 주며 외우라는 것이다. 분명 비아지오는 나를 곤경에 빠뜨려서 내보내려고 하는 듯했다. 이탈리아 사람이 아닌 나에게 그렇게 빠르게, 사투리까지 섞어 가며 한 번 말해 주고는 기억하라고 하니 말이었다. 그래 한번 해 보자고 마음을 굳게 먹었다. 저녁에 집으로 돌아와서 쿠치나 냉

장고 위치와 내부를 그림으로 그려 벽에 붙여 놓고 밤마다 외워 사흘 만에 다 외웠다.

일장 연설의 냉장고 설명이 끝난 뒤에, 비아지오는 방울토마토를 한 바구니 갖고 와서 콘토르노를 만들 것이니 나보고 씻으라고 했다. 드디어 음식을 만들게 되었다는 마음에 기쁨을 감추지 못하며 신이 나서 씻었다. '그런데 콘토르노contorno가 뭐지?' 사전에는 "주요리에 곁들여 먹는 야채 따위"라고 적혀 있다. 요리학교를 다닌 것도 아니고, 레스토랑 경험도 없고, 더구나

종류별로 쓰임이 다른 칼.
쿠치나에 걸려 있는 팬과 국자.

이탈리아 음식을 해 본 적도 없는 나를 셰프들이 일일이 가르칠 의무는 없었다. '궁금해도 참고 하다 보면 알게 되겠지.' 시키면 시키는 대로 할 뿐이었다. 더구나 쿠치나의 룰은 셰프들끼리도 요리법을 가르쳐 주지 않는다는 것이었다. 또 그 음식에 무엇이 들어갔는지를 직접 물어 본다는 것은 있을 수 없는 일이었다. 더러는 몇 개월에 걸쳐서 궁금했던 소스를 새로 만드는 날, 숨도 안 쉬며 지켜보려는 찰나에 심부름을 시켜서 그 순간을 못 보게 하기도 했다. 그들은 오랜 세월에 걸쳐 익힌 노하우를 쉽사리 가르쳐 주지 않았다.

마스터 셰프가 음식을 만들면 서브 셰프들은 옆에서 곁눈질로 음식을 배웠다. 그리고 뒤돌아서서 마스터가 보지 않을 때 그릇에 남아 있는 맛을 음미하

며 무엇이 들어갔는지를 짐작하며 스스로 터득하곤 했다. 그래도 스테이지 stage(요리 견습) 하러 온 학생들에게는 가르쳐 줄 의무가 있으므로 설명은 해 주었다. 그러나 이곳은 학교가 아니므로, 그나마도 아주 빠른 말로 말해 버린 다. 다시 물어 보면 일단 화부터 냈다. 그래서 못 알아들어도 알아들은 척했 다. 또 메모지에 필기라도 할라치면 쿠치나에서 필기도구는 있을 수 없다고 시모네가 벼락같이 쏘아붙였다. 그래서 할 수 없이 눈치껏 지켜보며, 가르쳐 주는 것은 머릿속으로 암기했다. 지나고 보니 필기도구가 필요 없다는 것이 무슨 의미인지 깨닫게 되었다. 요리는 혀로 맛을 익히고 그것을 내 머리가 인 식하는 것이기에 레시피를 적는 게 중요한 것이 아니란 것을….

　내 생애 처음으로 레스토랑에서 보조 셰프로서 이탈리아 음식 콘토르노를 만드는 순간이 왔다. 콘토르노는 주로 주요리인 세콘도 피아토에 곁들여지는 야채다. 내가 처음으로 만든 콘토르노가 셰프들의 마음에 들었는지, 그 뒤로 산 로렌초의 모든 콘토르노는 거의 내가 도맡아 했던 것 같다. 동양인의 민첩 한 손에 신뢰를 보낸 것이다.
　콘토르노는 구운 호박, 가지 등 다양한 야채나 삶은 브로콜리를 올리브 기 름에 익혀 낸 것으로 그 종류가 무수히 많다. 산 로렌초 같은 고급 레스토랑

구운 가지와 호박.
브로콜리 콘토르노.

호박과
가지
콘토르노

은 따로 콘토르노의 값을 받지 않고 음식 값에 포
함시키지만, 다른 곳은 대체로 그렇지 않다. 일반
레스토랑에서는 주문을 받을 때 콘토르노를 하겠냐고 꼭 친절히 묻는다. 메
뉴에서 서너 가지를 보여 주며 선택하라고 한다. 마치 공짜로 주는 양. 외국
인들인 우리는 아무것도 모른 채로 한 가지를 골라 달라고 하게 되고, 그러면
세콘도 피아토의 값에 콘토르노의 값이 합쳐져서 계산된다.

더러 사기를 당한 느낌이 들기도 했다. 우리가 먹는 김치
와 반찬에 값이 따로 매겨진다면 얼마나 황당할까. 고기나
시금치
콘토르노
생선 옆에 몇 조각 올리는 야채 따위에 값을 매기다니. 물론 만들기가 쉽지는
않다. 가끔 외국인 친구들이 한국에 와서 10첩 이상의 한국 밥상을 받을 때
면, 그들은 이것들이 모두 공짜냐고 거듭해서 확인한다. 한국에는 테이블값
도 물값도 반찬값도 없으니 실컷 먹으라고 하면 환호성을 지르며 신나게 먹
는다.

이탈리아의 다양한 콘토르노를 만들면서 우리의 반찬이 얼마나 만들기 어
렵고 복잡한지 깨달았다. 더불어 한국인의 비상한 손재주에 감탄했다. 시모
네가 한 말이 있다. "너희 동양인, 특히 한국과 일본 사람들은 자기 나라의 음
식을 만들 줄만 안다면 이탈리아 음식쯤은 다 잘할 것이다."

방울토마토 콘토르노contorno

재료 방울토마토, 빵가루, 소금, 후추, 프레제몰로(파슬리), 마늘, 올리브 기름

1. 일단 방울토마토를 깨끗이 씻어 물기를 뺀 뒤, 방울토마토의 삼 분의 일에 해당하는 머리 부분을 "빵 칼"로 자른다. 토마토는 작고 매끄러워서 일반 칼을 시용하면 뭉개어져서 예쁘게 잘라지지 않는다. 그 러고는 속을 파내 접시에 모아 놓는다. 토마토 모자(잘라 낸 머리 부분)도 옆에 모두 모아둔다.

2. 빼낸 토마토 속은 접시에 모아서 빵가루와 소금, 후추, 마늘, 프레제몰로, 올리브 기름을 넣고 잘 섞는 다. 그것으로 비워 낸 방울토마토 속을 다시 채운 뒤, 토마토 모자를 씌운다. 토마토 속이 너무 질면 토 마토 밖으로 볼거져 나오니 조심한다. 그렇다고 너무 되직해도 안 된다.

3. 오븐에서 구울 때 눌어붙지 않게 올리브 기름이나 버터를 판 바닥에 골고루 바른다. 그 위에 만들어 놓 은 방울토마토(콘토르노)를 예열된 상태에서 180도C에서 10분 동안 굽는다.

가지 토마토 콘토르노.
처음 만들어 본 방울토마토 콘토르노.

사진가와 셰프 사이에서

셰프 시모네에게 요리사가 되고 싶다고 말했을 때, 그는 내게 더는 사진을 찍지 않는지, 어떤 사진들을 찍었는지, 작업이 재미있었는지…, 끝도 없이 질문을 했다. 그럴 만도 한 것이, 사람들은 대부분 자신의 직업을 이십대에, 늦어도 삼십대 초반에 결정한다. 그런데, 십오 년 넘게 프로 사진가로 활동하다가 마흔 나이에 새삼 요리사의 길을 시작하겠다고 하니, 내가 이상해 보일 수도 있겠구나 싶었다.

아직도 방 한쪽에 보물처럼 고이 모셔진, 수많은 슬라이드 필름과 흑백의 네거티브 필름, 밀착 인화된 프린트, 디지털화된 CD, 그리고 내 첫 카메라 니콘 FM2, 중형 맘미야, 전성기의 니콘 F4, 지금 쓰는 디지털카메라 니콘 D300까지 카메라들과 수많은 렌즈와 조명 도구들, 그동안 모아 놓은, 내 이름이 들어 있는 수많은 잡지, 그리고 작품들…. 그동안 내가 해 온 사진 일들을 생각해 보았다.

밀라노에서 사진을 공부하던 이십대 중반에 나는 무엇이든지 할 수 있었다. 아니 무엇이든 되어야 한다고 생각했다. 그 멋진 밀라노에서, 더욱이 내가 공부하고 있는 "이스티튜토 이탈리아노 디 포토그라피아Istituto italiano di fotografia"는 이탈리아 최고의 패션 사진 스튜디오이자 유수의 사진 학교가

노천 바를 오가는 셰프.

아닌가. 나는 처음 접하는 이탈리아 문화를 빨리 흡수했다. 학교 전시를 위해서 찍은 내 사진이 이탈리아 사진 잡지인 "일 포토그라포il fotografo"에 실리면서 친구들에게 선망의 대상이 되기도 했다. 그 학교에서 유일한 동양인인 내게 선생들은 구도와 선이 남다르다며 칭찬해 주었다. 나는 그렇게 사진에 빠져들었다. 밥은 굶어도 필름은 사야 했던 열정의 시절이었다.

그런데 사진은 돈이 너무 많이 들었다. 우리 집 형편은 내가 이곳에서 오래도록 맘껏 공부할 정도는 아니었다. 더는 부모님에게 폐를 끼칠 수가 없었다. 그때도 밀라노는 물가가 높았다. 인텐시보intensivo(집중 코스)인 학교 과정은 이 년 반이었는데, 나는 삼 년 넘게 사진을 공부하고 서울로 돌아왔다. 졸업 작품 사진이 이탈리아 판 "코스모폴리탄cosmopolitan"에 실렸다는 얘기를 이탈리아 친구에게서 들은 건 한국으로 돌아온 지 몇 달 뒤의 일이었다.

서울로 돌아와서 닥치는 대로 일을 했다. 돈도 벌어야 했지만, 이십대 후반의 나는 세상에 무서울 게 없었다. 모델 프로필 사진, 패션 사진, 방송 사진, 뮤지컬 사진, 상업광고 사진, 인물 사진, 「GEO」의 다큐멘터리 사진, 그리고 「행복이 가득한 집」, 대한항공 기내지 「모닝캄」, 아시아나 기내지 「아시아나」, 여행 잡지 사진까지 할 수 있는 일은 모두 다 했다.

어느 유명한 사진가가 말했다.

"사진가는 남들이 사는 삶의 두 배는 더 사는 것이다. 그만큼 사진가들은 많은 사람을 만나고, 여행을 하고, 느끼고, 행복해하고, 감동을 받고 한다. 만일 어느 사진가가 예순살까지 산다면 그는 결국 백이십 살을 산 셈이다."

참으로 그랬다. 사진을 하지 않았다면 만나 보지도 못했을 예술가, 정치인, 연예인들을 가까이서 만나고, 세상의 이곳저곳을 구석구석 누볐다. 사진가로서의 내 삶이 참으로 축복이었음을 뒤늦게 깨닫는다. 번번이 다른 상황을 맞닥뜨리게 되는 사진이라는 어려운 과제 속에서 때로 감동하고 희열을 느끼고 때로 절망했다. 누군가의 말처럼, 사진이라는 멍석 위에서 신명나게 한판 잘 놀았다.

사진에 대한 내 사랑에는 변함이 없다. 그런데 왜 나는 사진을 찍다가 요리를 배우게 된 걸까.

사진으로 해 보고 싶은 것은 어지간히 해 보았다. 하지만 사진을 하는 사람으로서 어떻게 살아남아야 할지에 대해서는 확신이 서지 않았다. 미래의 내 모습이 뚜렷하게 그려지지 않았다. 회전이 빠른 서울에서 사진판의 변화 속도 또한 굉장히 빨랐다. 게다가 디지털화되면서 사진의 속도는 더욱더 빨라졌다. 잡지 일이 갖는 한계와, 주문자에게서 늘 선택 받아야 하는 프리랜서로서의 고충이 갈수록 남루하고 고단하게 느껴졌다. 위대한 사진가들의 사진을 보며 꿈을 키워 왔건만, 그들에 대한 내 열정과 사랑은 변함없건만, 내 현실은 자판기의 커피처럼 기계적으로 바쁘게 사진을 찍어 대는 것에서 한 걸음도 더 나아갈 수 없었다. 만족할 수 없는 사진을 양산하는 동안, 나는 지쳐 갔다. 그렇게 살고 싶지 않았다. 더는 큰 매력으로 다가오지 않는 젊은 도시 서울을 벗어나서 새로운 일을 찾고 싶었다.

무엇을 해야 하는가? 무엇이 하고 싶은가? 무엇을 하며 어떻게 살아가고 싶은지, 내 삶을 자유롭게 하고 행복하게 할 일이 무엇인지 생각하게 되었다. 돌아보니, 사진을 빼고는, 내가 가장 많은 시간을 할애하고 있는 것은 다름 아닌 "요리"였다. 시간이 나면 끊임없이 음식을 만들었다. 유학 시절 내내 즐겨 하던 요리를 서울에 돌아와서도 만들었다. 친구들을 위해 그들이 전혀 먹어 본 적 없는 이탈리아 가정식도 더러 만들어 주었다. 모두가 처음 맛보는

거리의 악사.
빵을 사러 나온 할머니.

이탈리아 요리에 환호성을 질렀다. 이탈리아에는 우리가 모르는 수천 가지의 파스타와 피자가 있는데….

'나는 누군가를 위해 음식을 만들어 주는 것을, 요리하는 것을 행복해하는구나. 그렇다면 나의 또 다른 고향인 이탈리아로 가서 제대로 요리를 배우고 올까.' 그러고 보니 꽤 오래 전부터 이런 궁리를 해 왔던 것 같다. 더 늦기 전에 떠나야 한다. 그러지 않으면 영영 떠날 수가 없을 것 같았다. 앞으로 일어날 어마어마한 일들은 생각도 하지 않은 채 말이다.

앞날에 대한 걱정 따위는 접어 둔 채 비행기에 몸을 실었다. 사소한 짐을 챙기느라 너무 골몰했던지, 비행기를 타자 곧 잠에 곯아떨어졌다. 일어나니 독일이었다. 비행기를 갈아탔다. 어깨에는 내 숙명과도 같은 카메라 장비를 메고, 양 손 가득 자질구레한 살림살이를 들고서 피난민처럼 피렌체 공항에 도착했다. 운명처럼 또 다시 이탈리아에 온 것이다.

지친 여행객을 편히 쉬게 하는 의자.

몬테폴치아노의 초가을 빛.

페루자에서 열린 움브리아 재즈 페스티벌의 한 장면.

움브리어 재즈 페스티벌의 시작을 알리는 거리 포스터.

우리만의 식사

시모네의 산 로렌초 레스토랑에는 나 외에도 스테이지를 하는 학생이 둘이 더 있었다. 스테이지는 전문 직업학교를 졸업한 학생들이 취업 전에 현장에서 실무를 쌓는 과정이다. 이탈리아에서는 대개 학교를 졸업한 뒤 각 분야의 현장에서 일정 기간 실습을 한다. 나를 빼고 엔죠, 죠르지오 두 실습생은 페루자의 명문 요리학교를 졸업하고 이곳으로 왔다.

처음 이곳에 다니기 시작했을 때, 한여름의 쿠치나는 열기가 40도를 넘나들었다. 거기에 셰프들의 신경전, 불과 기름, 시모네의 성질과 세컨드 셰프인 비아지오의 깐깐한 잔소리까지 더해져서 체감온도는 50도를 넘는 듯했다. 페루자의 모든 레스토랑이 그렇듯, 산 로렌초의 쿠치나는 7월에 있을 움브리아 재즈 페스티벌 때문에 바짝 긴장하고 있었다.

산 로렌초에서 접시부터 닦아야 하는 건 아닌지, 접시까지 닦으면서 일을 한다면 내가 잘 버틸 수 있을지 걱정이 앞섰다. 그러나 기우였다. 대부분의 레스토랑이 다 그런지, 아니면 산 로렌초만 그런지는 모르겠지만, 우리 쿠치나에서는 음식을 만드는 일과 접시를 닦는 일은 철저하게 구분했다. 레스토랑 주인이자 셰프인 시모네는 어려서 혹독한 주방 보조 시기를 거쳤다고 하는데, 그는 우리에게는 오직 좋은 요리사, 예술가가 되라고 독려했다.

시모네의 그런 배려가 만든 전통으로, 산 로렌초에서는 한 달에 한 번 셰프들끼리 돌아가며 서로의 음식을 평가하는 자리를 갖는다. 요리를 맡은 셰프는 아주 독창적이며 창의적인 음식을 만들어야 하며, 나머지는 먹고 나서 그 맛을 냉정하게 평가해야 한다. 처음 들어온 내게 시모네는 다음 달에는 내 음식을 선보일 자리를 마련해 주겠다며, 많이 연구하고 생각해서 무엇을 할지 보고서를 제출하라는 것이었다.

'젠장, 아무 것도 모르는 나더러 셰프들 앞에서 음식을 하라니!' 나는 떨리고 걱정이 컸지만 한번 도전해 보고 싶기도 했다. 사진학교를 다닐 때도 그랬고, 이탈리아는 언제나 잠자고 있는 나의 창의력을 일깨워 주곤 했다. 평범한 내 속에 잠재되어 있는 예술 감각을 이끌어내는 그들의 수업 방식이 마음에 들었다. 내게 숨어 있을지도 모르는 요리에 대한 예술 본능을 제대로 끄집어 내리라 다짐했다.

이탈리아의 레스토랑들은 대개 낮 12시 반이나 1시쯤 문을 열며, 오후 3시나 3시 반쯤에 문을 닫고 시에스타 la siesta(낮잠)에 들어갈 준비를 한다. 그러고는 7시쯤에 다시 문을 연다. 지역마다 조금씩 차이가 있지만, 밀라노나 로마 같은 큰 도시의 패스트푸드점과 남부의 일부를 빼고는 이탈리아 레스토랑들의 공통된 시간이다. 이것은 규칙적으로 식사하는 이탈리아 사람들의 습성 때문이기도 하고, 시에스타의 영향이기도 하다. 그래서 상점이나 식당에

갈 때 시간을 정확하게 알지 못하면 낭패를 보기가 쉽다. 만일 점심을 먹으러 문 닫을 시간이 임박한 2시나 3시쯤에 식당에 간다면, 들리지는 않겠지만 쿠치나 여기저기에서 사람들이 욕을 하는 것은 물론이고, 음식에도 욕을 한 움큼 넣어서 내놓을 것이다. 점심 일을 끝내고 청소하며 문 닫을 준비를 하고 있을 때이니 말이다. 만일 이탈리아나 프랑스에서 맛있는 음식을 즐기고 싶다면 조금 여유 있게 가는 것이 좋다.

이탈리아의 레스토랑은 늘 파스타를 삶아야 하기에 우리나라의 밥솥에 밥이 그득한 것처럼 하루 종일 소금을 넣은 물을 끓인다. 아침에 오면 가장 먼저 큰솥에 물을 받아 소금을 두 주먹 넣고 물을 끓인다. 언제라도 국수를 삶을 수 있도록 말이다. 그 일은 주로 가장 먼저 레스토랑에 오는 내 몫이었다. 파스타의 간을 결정하는 일이라서 쉽지만 매우 중요한 일이었다. 시모네는 내가 넣은 소금의 양이 정확한지 지나가다 슬쩍 물을 찍어 먹어 보고는 눈을 찡긋했다. 계량컵 따위는 쓰지 않지만 무심히 손으로 던져 양념의 양을 정하는 셰프들의 눈대중은 기막히게 정확했다.

셰프들은 11시 반에 출근해서 전날 바닥난 메뉴들을 끊임없이 만든다. 그러다가 시모네의 지시로 셰프 한 명은 하던 일을 중단하고 우리 셰프들을 위

셰프들이 자주 해먹는 참치 파스타.

해 아침식사를 준비한다. 레스토랑에서 함께 일하는 식구의 음식은 결코 소홀히 할 수 없다. 특히 시모네는 레스토랑 식구들을 위한 음식을 소중하게 생각해, 서로의 음식을 음미할 수 있는 시간을 우리에게 주었다. 서로 무엇이 먹고 싶은지 묻기도 하는데, 하루는 이상하게 묻기도 전에 서로 아마트리치아를 먹자고 이구동성으로 말했다. 그날의 요리사는 죠르지오였다. 시칠리아 출신으로 말수가 적고, 어른 해리 포터 같은 얼굴을 가진 청년이었다.

간단하면서도 맛있는 이 음식, 로마 사람들이 즐겨 먹는 아마트리치아나 amatriciana는 로마 근교에 있는 작은 마을 아마트리체에서 유래한 파스타다. 어쨌든 나는 아마트리치아나를 좋아한다. 아마트리치아나에는 우리나라 사람들이 좋아하는 삼겹살을 소금에 절인 판체타pancetta(베이컨)에 매운 고추가 들어간다. 쿠치나에서 아마트리치아나를 만드는 동안에, 홀에서는 크리스티아나가 우리가 아침을 먹을 테이블을 준비하고 있었다.

시모네의 지시로 우리는 날마다 다른 테이블을 돌아가며 식사를 했다. 오래된 만큼 운치 있는 이 레스토랑에서 셰프의 점심과 저녁 식사 시간에는 우리 셰프들도 우아하게 식사했다. 사실 흰 셰프 복장에 셰프 모자를 쓴 우리는 이 테이블의 주인공은 아니다. 우리는 음식을 만들어 내보낼 뿐, 어떤 사람들이 와서 어떤 모습으로 식사를 하는지도 알지 못한다. 다만 레스토랑 벽 한쪽

같이 스테이지를 한 엔죠와
비아지오, 비스카르도,
시칠리아 청년 조르지오.

에 배우 소피아로렌이나, 미국의 팝가수 브리트니 스피어스가 다녀갔다는 기사가 난 신문이 붙어 있는 것을 보면서 그런 셀레브리티들이 올 만한 고급 레스토랑이구나 하고 짐작할 뿐이다. 시모네는 날마다 아침과 저녁으로 손님 테이블에서 식사할 즐거움을 우리에게 주었다. 왠지 모를 감격이 밀려왔다.

이 시간만큼은 온통 우리만의 시간으로, 그 어떤 대단한 손님도 들어올 수 없었다. 맛있는 우리만의 식사는 우리만의 비밀스런 데이트 같았다. 우아한 홀과 쿠치나를 활보할 수 있는 유일한 시간이다. 냄비, 도마, 칼, 그리고 윙윙대는 냉장고 소리에서 벗어나서 편안하게 테이블에 앉아서 우아하게 식사를 하니 신분이 달라진 느낌마저 들었다. 이런 기분을 느끼게 하려고 시모네는 우리에게 날마다 다른 테이블을 제공하는구나 싶었다. 성질 더러운 주인장 셰프의 깊은 배려가 고맙기도 하고 놀랍기도 했다.

우리 셰프 다섯 명은 앞치마를 풀고, 두건도 풀고 아마트리치아나를 먹으며 한마디씩 칭찬을 했다. "매콤하니 잘 되었어, 죠르지오." 짧은 식사 시간, 삼십 분 동안에도 이탈리아 사람들답게 끊임없이 떠든다. 식사를 마치고 에스프레소 한 잔을 마시고 다시 일할 전투 준비를 한다.

손님이 삼십 명 이상이 예약되거나, 한꺼번에 열 명 이상이 들어오면 시모네는 앞치마 끈을 바짝 묶으며 들어와서는 험상궂은 얼굴로 소리친다.

"꼬메 우나 궤라come una guerra(전쟁 시작이야)!"

주문 받은 메뉴 쪽지가 벽에 붙으면 모두 일사불란하게 움직인다. 총알을 장전 하듯이 칼과 도마 앞에서 또는 냉장고에서 재료를 꺼내고, 가스불을 올리고 서로 소리를 지르며 일을 시작한다.

아마트리치아나amatriciana

재료 파스타, 양파, 판체타pancetta(이탈리아 베이컨), 올리브 기름, 토마토 소스,

　　작은 고추 2개, 파르마 산 치즈, 소금

1. 먼저 팬에 양파를 잘라서 넣고 볶는다. 잘게 자른 베이컨도 같이 볶는다. 그러면 양파에 베이컨의 기름

   이 스며들어 고소한 맛이 난다. 그때 매운 고추 작은 것 두 개를 던져 넣어 매운 향을 낸다.

2. 얼마쯤 볶은 재료에 토마토 소스를 넣는다. 그리고 나서 삶은 스파게티 면과 함께 비빈다. 접시에 듬뿍

   스파게티를 얹고 신선한 파르마 산 치즈를 뿌린다.

양파와 베이컨을 잘게 잘라 볶는다.
스파게티에 파르마 산 치즈를 듬뿍 뿌린
아마트리치아나.

지다가도 구울 수 있을 만큼 수없이 구웠던, 산 로렌초 식당의 빵들.

자다가도 구울 수 있는 산 로렌초의 수제 빵

이탈리아 레스토랑에서는 손님이 들어오면 맨 먼저 라 카메리에라la cameriera(웨이트리스)가 메뉴판을 가져다주고, 손님이 메뉴를 다 읽어 갈 즈음 빵을 내가며 주문을 받는다.

산 로렌초 레스토랑도 다르지 않았다. 손님이 들어와 앉으면, 소믈리에이자 웨이트리스인 크리스티아나가 쿠치나로 들어와서 조용한 어조로 세 사람 또는 두 사람이라고 알려주고 나간다. 그러면 쿠치나의 막내인 나는 재빠르게 냉장고에서 냉동해 둔 빵을 꺼내 사람 수효대로 오븐에 넣어 따끈하게 데워서 내놓는다. 크리스티아나가 빵을 손님들에게 가져가고, 되돌아와 손님들에게서 주문받은 메뉴 쪽지를 쿠치나의 셰프들 메뉴판 위에 꽂아 놓는다. 그러면 셰프들은 일제히 들어온 메뉴의 음식을 저마다 읽으며 주문 음식을 순서대로 준비한다. 요즈음은 이탈리아에서도 코스에 맞추어 식사하는 사람들이 줄어들어서, 가지각색의 주문 음식을 일사불란하게 준비한다. 더러는 피아토 우니코piatto unico(세트 메뉴)도 있다.

코스 요리를 주문받으면, 안티파스토(전채)나 프리모(파스타 또는 리조또)를 손님이 다 먹어 갈 즈음에 쿠치나에서는 이미 세콘도(고기 또는 생선 요리)

를 팬에서 접시에 옮겨 담을 준비를 하고 있어야 한다. "밥상 가득 음식을 늘어놓고 먹는 우리의 음식문화"와는 다르게 코스에 따라 한번에 한 가지씩 먹으며 접시를 바꾸는 이탈리아의 음식문화 때문에 쿠치나 안에서는 굉장히 긴장해야 한다. 바로 "시간(타이밍)" 때문이다. 이 시간을 제대로 못 맞추고, 이해하지 못하는 외국인 견습생들이 시모네에게 여러 번 혼쭐이 나는 것을 보았다. 천천히 먹는 사람, 빨리 먹는 사람 등등 손님에 따라 먹는 속도가 다른데, 접시에 음식을 미리 담아 놓으면 식기 마련이어서, 크리스티아나가 홀과 쿠치나를 왔다 갔다 하면서 다음 접시를 내갈 시간을 우리에게 알려 준다. 코스에 따라 식사를 하는 그들의 식사문화는 완전한 서빙serving 문화다. 가정에서 밥을 먹을 때도 한 사람은 언제나 서빙을 한다. 시모네는 "모든 음식을 상에 펼쳐 놓고 먹는 우리 음식문화"를 크게 칭찬했다.

코스 요리에서 빵은 그들에게 메뉴를 고르기까지 시간을 주는 셈이다. 그들의 식탁에는 빵이 빠지지 않는다. 빵은 아페르티보, 안티파스토, 세콘도와 같이 먹을 수는 있으나 프리모인 스파게티와는 절대 같이 먹지 않는다.

산 로렌초에서 내가 가장 많이 한 음식은 콘토르노contorno(주요리에 곁들이는 야채 요리)와 빵이었다. 반드시 식사 전에 먼저 내가야 하는 이 수제 빵은 결코 떨어지는 법이 없어야 한다. 그래서 빵을 이틀에 한 번 꼴로 무섭게 많이 만들었다. 하도 만들다 보니, 자다가도 빵에 들어가는 재료와 용량을 외울

시모네가 빵을 만들고 있다.
쿠치나에 수북히 쌓아 놓은 빵.

지경이 되어 버렸다. 시모네가 퀴즈를 내듯이 수시로 물어 보기 때문이었다. 빵을 만드는 일 덕분에 시모네와 둘이서 많은 이야기를 나눌 수 있었다.

그전까지 나는 빵을 만들기는커녕 만드는 것은 본 적도 없었다. 빵에 그다지 관심이 없었기도 했지만 빵은 가게에서 사는 것이지 만드는 것이라는 생각을 아예 하지 못했다. 이탈리아도 빵을 집에서 만드는 일은 드물다. 이곳 친구 엄마들도 아침 일찍 빵가게에서 빵을 사온다. 그래서 내게는 빵을 만드는 일은 미지의 세계였다. 밥 문화권에서 온 내가 직접 빵을 만드니 신비한 수수께끼가 풀리는 느낌이었다.

나는 빵을 만들면서 그저 기뻤다. 이곳에서 다른 음식을 만드는 것도 많이 배웠지만, 빵을 만든다는 것은 배운다기보다는 인간이 살기 위해 본능적으로 만들어 낸 어떤 가치를 습득하는 느낌이었다. 다 만든 빵을 하나하나 봉지에 담아서 냉장고에 넣고 나면 마음이 든든했다. 이 빵은 이 레스토랑을 찾는 사람들에게 가장 먼저 선보이는 "얼굴 마담"이며, 또 사람들의 입으로 들어가는 첫 음식이기도 했기에.

산 로렌초 수제 빵 (San Lorenzo pane)

재료 밀가루, 소금, 설탕, 후추, 버터, 이스트, 우유, 올리브, 양파, 파르마 산 치즈,

루꼴라, 해바라기 씨, 토마토 소스

1. 빵은 재료의 용량이 중요하다. 먼저 밀가루 1,600그램, 소금 30그램, 설탕 25그램, 버터 180그램을

빵 반죽기에 넣는다.

2. 우유 750그램, 고체 리에비토lievit(이스트) 70그램을 준비한다. 우유는 따뜻하게 데운 뒤 여기에 고체

이스트를 집어넣고 녹인 것을 빵 반죽기에 쏟아붓는다. 한 30여 분쯤 반죽기를 돌리고 난 뒤 질척하면

밀가루를 좀 더 넣고, 빡빡하다 싶으면 좀 덜 돌리면서 조절을 한다.

3. 빵을 만들기 전에 빵 반죽에 넣을 재료들을 미리 준비해 둔다.

(1)올리브를 잘게 다진다.

(2)양파를 잘게 다진다.

(3)토마토 소스(salsa di pomodoro)와 후추

(4)파르마 산 치즈, 해바라기 씨 또는 루꼴라를 다진다.

빵(pane)의 한 종류인
포카차focaccia 반죽.
빵을 굽기 전 판에 버터를 바른다.

4. 반죽기에서 꺼낸 밀가루 덩어리를 크게 네 등분으로 나눈다. 첫 번째 덩어리를 떼어내서 치즈 가루와

　해바라기 씨를 넣고 다시 반죽기에 넣고 돌린다. 그 덩어리를 또 네 등분해서 뱀 모양으로 길게 늘려

　놓아야 꽈배기 모양, 동그란 모양 등등 원하는 모양을 만들 수 있다.

5. 두 번째 덩어리는 토마토 소스를 넣고 후추를 뿌린 뒤 반죽기에 넣고 돌린다.

6. 같은 방법으로 양파 다진 것, 올리브 다진 것을 넣은 반죽을 차례로 반죽기에 넣고 돌리고 나서, 원하

　는 모양을 만들어 오븐 판 위에 버터를 고르게 바른 뒤에 올려놓고 어느 정도 부풀어 오르기를 기다리

　는 동안 우리 셰프들은 홀에서 아침 식사를 한다.

　얼추 30여 분이 지나면 살포시 부풀어 오른 예쁜 반죽을 160도로 예열된 오븐에서 20분 동안 굽는다.

이스트로 부풀어 오른 반죽.
완성된 포카차 빵.

내 맘대로 파스타

언젠가 동료들에게 스파게티 종류가 얼마나 되냐고 물어 본 적이 있다. 하늘의 별만큼 많을까, 그들도 천 가지일지 만 가지일지 잘 모르겠단다. "파스타에 정해진 룰은 없어, 네가 넣고 싶은 걸 넣어서 만들면 돼." 물론 그중에는 폭넓게 사랑을 받는 대중적인 것들도 있지만, 이탈리아 사람 대부분은 간단한 파스타를 좋아한다. 그렇구나, 내가 만들고 싶은 대로…, 간단하게. 사실가장 간단한 음식이 가장 맛있는 음식일 수 있다.

어느 날, 이웃집 친구 피오렐라가 집으로 놀러왔다. 그는 옷 수선 가게를하는데 바지를 고치러 갔다가 친구가 되었다. 우리 집에서 일 분쯤 되는 거리에 그의 가게가 있었다. 자기는 본디 옷 디자이너인데 아무도 옷을 수선하는일을 하지 않아서 자기가 그냥 하게 되었단다. 피렌체의 유명한 패션 디자인스쿨인 폴리모다Polimoda를 졸업한 디자이너였다. 아담한 이층집에서 자기만의 공간을 꾸며 놓고 옷도 만들고 수선도 하며 아기자기하게 지냈다. 오며가며 서로 자주 이야기를 나누다 보니, 더러 그가 우리 집에 와서 점심도 먹고 차도 마시는 사이가 되었다. 막역한 사이는 아니지만, 배고프면 함께 파스타를 만들어 먹을 만큼 편하게 지냈다.

시에스타가 시작되면 동네가 조용해진다.

피오렐라의 가게가 보이는 우리 동네, 피오렐라.

　그날도 이야기를 나누다 파스타를 만들어 먹기로 했다. 장 볼 시간도 없어서 무엇을 할지 고민했다. 냉장고 안을 이리저리 뒤적거렸으나 딱히 해 먹을 만한 게 없었다. 조금 뒤에 피오렐라가 냉장고 안을 기웃거리더니, "여기 훈제 연어가 있고, 오렌지가 한 개 있고(레몬이면 더욱 좋겠지만), 버터가 있고, 프레제몰로가지 있네" 하며 나를 보고 싱긋 웃었다. 미나리과에 속하는 프레제몰로prezzemolo(이탈리아 파슬리)는 여기 온 뒤로 나도 즐겨 먹게 되었다. 이탈리아 사람들이 가장 좋아하는 야채가 루콜라와 프레제몰로다. "이 재료로도 훌륭한 스파게티를 만들 수 있어. 창조하는 거지. 하지만 이 훈제 연어 파스타는 완전한 창조는 아니고 우리 이탈리아 사람들이 즐겨 먹는 것 중의 하나이기도 해. 오늘 네 냉장고에 훈제 연어가 있어서 가르쳐 주는 거야." 피오렐라는 그러면서 이런 단순한 파스타가 이탈리아에는 천 가지도 넘을 거라며 단순함의 미학을 강조했다.

　이탈리아의 파스타는 아주 간단하다. 이를테면, 살비아 같은 허브 한 가지로 올리브 기름 향을 내서 삶은 국수와 비비고 거기에 파르마 산 치즈만 뿌리면 흰색의 비안코bianco가 된다. 뜨거울 때 먹으면 아주 맛있다. 우리나라에서는 파스타에 이것저것을 자꾸 넣어서 푸짐하고 풍성하게 먹으려고 하는데, 이탈리아에서는 거꾸로 되도록 단순하게 해 먹는다. 곁들여 먹는 것도 맛이 강한 피클이 아니라 저장 올리브를 같이 먹는다. 더러는 쥐방울 만한 작은 양파 절임을 먹기도 하는데, 그것도 우리나라 레스토랑에서 나오는 피클과는 다른 개념의 식품이다.

나는 우리나라의 이탈리아 레스토랑에서 스파게티를 먹을 때, 파스타의 고유한 맛을 해치는 피클을 주는 게 못마땅하다. 내가 하는 이탈리아 레스토랑에서는 피클이란 존재하지 않을 것이다. 파스타만 먹자니 뭔가 심심해서 마뜩지 않은 분들에게는 피클 대신 짭조름한 저장 올리브를 내놓으면 된다.

훈제 연어 파스타를 사진 찍으려고 하자 피오렐라가 접시를 장식했다. 오렌지 향을 내기 위해서 오렌지 껍질을 벗겨 낸 뒤 절반은 즙을 짜서 쓰고, 나머지 절반은 어슷하게 썰어서 접시 한 면을 장식했다. 한 십여 분 만에 간단하게 맛있는 훈제 연어 파스타가 탄생하는 순간이었다. 훌륭하다. 돈도 별로 들이지 않고 또 하나의 새로운 파스타가 탄생한 것이다. 연어의 담백함에 오렌지 향의 상큼함이 어우러져 각별한 맛을 냈다. 냉장고에 굴러다니는 식재료의 우연한 조합이 꽤나 멋스럽다. 이탈리아 음식은 정말로 간단하다.

루콜라.
프레제몰로.

훈제 연어 파스타(탈리아텔레 알 살모네Tagliatelle al salmone)

재료 파스타 면, 훈제 연어, 올리브 기름, 마늘, 오렌지, 프레제몰로, 소금, 버터

1. 일단 팬에 올리브 기름을 두르고 버터를 조금 넣어 녹인다. 그 위에 마늘 몇 조각과 프레제몰로를 넣고
   조각 낸 훈제 연어를 마저 넣어 익힌 뒤 소금을 살짝 뿌린다. 오렌지즙을 조금 넣어 생선의 비린 맛을
   살짝 중화시킨다.

2. 면이 삶아지면 위의 것을 같이 섞어 비빈다.

훈제 연어를 팬에 볶는다.
파스타와 볶은 훈제 연어를 섞어 비빈다.
완성된 훈제 연어 파스타.

노동자의 삶이 무엇인지나 알고 있었니

쿠치나에 있으면 나는 팬이 되고 도마가 되고 칼이 된다. 요리를 하는 데에 필요한 도구가 될 뿐이다. 그러므로 쿠치나에서 나는 없어져 버린다. 존재의 사라짐이 아니라, 일과 존재의 완벽한 합일을 겪는다. 양파를 자르고, 빵을 만들고, 쉴 새 없이 음식을 준비하다가, 손님이 들어오는 시간이 되면 우리는 전적으로 그들을 위해 존재한다.

점심식사 손님을 위해 한바탕 전쟁을 치르듯 음식을 만들고 나면, 시에스타에 들기 전에 아침에 시작할 때처럼 쿠치나를 깔끔하게 원상복귀해야 한다. 끊임없이 지저분해진 바닥을 닦고, 한 타임의 일이 끝날 때마다 일 카포 쿠오코il capo cuoco(메인 셰프)를 위해서 가스 화덕을 재빠르게 닦아 놓아야 한다.

손님이 밀어닥치면 쿠치나는 잘 맞물려진 톱니바퀴처럼 모두가 하나로 돌아간다. 자동기계처럼 자신이 맡은 일을 척척 해야 한다. 또 저마다 맡은 음식을 하면서도 옆 사람과 호흡을 맞추는 것도 몹시 중요하다. 전쟁터 같은 쿠치나에서는 불, 기름, 팬 들의 소리와 냉장고의 윙윙대는 소리 사이로 간간이 욕설도 들린다. 한 접시의 파스타에 한 개의 팬이 필요한 이탈리아 음식은 팬이 아무리 많아도 계속 바뀌어서 다시 되돌아 나와야 한다. 접시를 닦는 사람은 깨끗한 팬과 더러워진 팬을 연신 제자리에 갖다 놓고 가져가기를 되풀이한다. 홀은 홀대로 와인 잔과 유리컵과 많고 많은 접시를 식기 세척기에서 꺼내어 테이블에 세팅해 놓는다. 일하는 동안은 잠깐의 여유도 없고, 다른 생각을 할 틈도 없다. 다른 생각을 한다면 그것은 곧 사고로 이어진다.

새로운 메뉴가 들어와 메뉴판에 붙으면 서로에게 메뉴를 복창하며 일러 준다. 그리고 주문받은 음식이 제대로 나가게 되는지 서로가 확인하고 음식의 순서와 나갈 시간도 정확하게 맞추어야 한다. 어쩌다 피곤해서 한눈이라도 팔고 있으면 곧 불호령이 떨어진다.

나는 일찍이 이런 엄청난 집중과 노동 강도를 경험해 본 적이 없었다. 내가 사진을 찍을 때에 그랬듯이, 내 주변에서 디자이너, 잡지 편집자, 일간지 기자, 책 만드는 사람들도 수시로 밤을 새워 일하고 더 잘 표현하기 위해 깊이 고민하고 연구하며 애쓰는 것을 보아 왔다. 하지만 이렇게 육체와 정신이 온전히 하나가 되어 자기 자신이 없어져 버릴 만큼 격심한 노동을 경험하기는 처음이었다. 그동안 노동을 한다고 자부해 왔다. 특히 사진 작업은 정신노동과 육체노동이 결합된, 제법 고된 일이라고 생각했다. 그러나 감히 말하건대, "쿠치나에서의 노동 강도는 차원이 달랐다." 그 어떤 노동보다 고되고, 스트레스가 컸다. 이것을 견디지 못하는 사람은 셰프가 될 수 없다.

그렇게 대단한 집중력과 노동 강도가 필요하고 또 남다른 실력이 요구되는 일인데도, 셰프의 일은 오래도록 천시받아 왔다. 어쩌면 쿠치나의 엄격한 위계질서는 그 힘든 세대를 거친 선배들의 무언의 압박이 후배에게 대물림된 것이리라. 음식을 학교에서 배우게 된 것이 그리 오래된 일이 아니어서, 절대적으로 복종해야만 곁눈질과 눈치로 배울 수 있던 도제식 교육의 전통이 아직도 쿠치나를 지배하고 있음이 사실이다.

시모네가 아끼는 접시들.

크기와 모양이 각기 다른 팬들이
여기저기 주렁주렁 매달려 있다.

내 소견일 뿐이지만, 사실 요리는 학문이 될 수 없다고 생각한다. "요리는 현장이 가장 중요하다."

요리 접시 하나를 완성해 내기 위해서 수많은 과정을 거쳐야 한다. 우선 재료를 썰고 다듬고 다지고 소스를 만드는 등의 밑작업을 미리 해 두어야 하고, 주문이 들어오면 자르고 굽고 볶고 튀겨서 재빨리 접시에 올릴 음식을 만들어 내야 한다. 여기에서 끝나는 것이 아니라 그것을 순식간에 아름다운 접시로 변모시켜야 한다. 맛도 좋고 보기도 좋은 훌륭한 요리로 말이다. 쿠치나 안에서 이렇게 한바탕 소란을 피운 끝에 나간 접시는 언제 그랬냐 싶게 백조마냥 우아하다.

온 정성을 쏟아 만든 음식 접시가 손님에게 나갔다가 깨끗이 빈 접시로 돌아오는 순간, 셰프가 느끼는 그 짜릿한 승리의 기분은 다른 사람은 모를 것이다. 레스토랑에서는 요리에 대한 반응이 이처럼 빠르고 즉각적이다. 바로 앞에 손님이 있어 실시간으로 피드백을 받기 때문이다. 맛에 대한 손님들의 반응은 얼마 지나지 않아 곧 그 레스토랑의 소문으로 이어진다. 가게가 문전성시를 이루는지의 여부는 요리사의 능력에 달려 있다. 그 능력은 많은 것을 포함한다. 기나긴 노동 시간, 신선한 재료, 맛 그리고 무엇보다 요리사의 예술성이 중요하다. 그것이 곧 셰프의 색깔이다. 자기 자신을 비우고 음식에 모든

움브리아 재즈 시즌 동안 함께 일한 아르바이트생.
산 로렌초의 셰프들.

셰프들의
손때가 묻은
팬들.

것을 쏟아부을 때만 가능한. 만일 셰프가 되어 자신만의 고유한 색깔을 갖고 싶다면, 철저히 하나의 색으로 태어나야 할 것이다.

셰프는 열 시간 이상의 노동 시간을 견뎌 내고 끊임없이 새로운 요리를 연구해야 한다. 요리는 창의적인 노력이 필수적이다. 창의력의 바탕은 곧 내 시간을 얼마만큼 쿠치나에 투자했는지에 달려 있다. 양파를 한 자루씩 까고, 끝도 없이 라투가lattuga(이탈리아 상추)를 다듬고, 샐러리를 두 시간 넘게 깍둑썰기로 썰었다고 해서 감히 누가 불평하겠는가. 그런 일을 거치지 않으면 셰프의 길을 포기해야 한다.

만일 양파와 감자, 당근과 피망, 호박과 가지와 더불어 친구가 되지 않고, 그들과 대화하지 않으면 절대로 그것들을 이해하지 못할 것이다. 그것들을 오븐이나 화덕에서 굽고 데쳐 보지 않았다면 어떻게 그들의 맛과 속성을 알 것인가. 세상에 공짜는 없다. 아무리 훌륭한 식재료라도 그들을 바라보기만 한다면 그들은 끝내 우리에게 자신을 공개하지 않을 것이다. 노동의 고단함 끝에는 요리의 고귀함이 있다. 긴 노동은 반드시 보상으로 돌아온다.

요즘은 전 세계 어디에서나 셰프가 인기인 모양이다. 그러나 그 밑바탕에는 강도 높은 노동이 있음을 잊지 말아야 한다. 겉보기에 그럴싸한 셰프의 옷과 모자가 탐나는가. 그렇다면 몸이 부서져라 하고 온갖 식재료를 씻고 다듬고 자르고 다지는 따위의 일이며 바닥 청소, 가스 화덕 닦기를 기꺼이 감수할 태세부터 갖추어야 할 것이다.

이탈리아는 가지를 사랑한다

  사진을 공부하러 이탈리아에 처음 왔을 때, 첫 해외 경험인 터라, 친구들과 여기저기 돌아다니며 우리와 비슷한 점과 다른 점을 발견하는 것이 무척 재미있었다. 특히 메르카토mercato(시장)가 서는 날이면 시장을 둘러보는 재미에 푹 빠졌다. 사과, 배, 귤 따위의 과일이며 야채가 토양에 따라서 모양이나 맛이 다른 점도 신기했다. 무엇보다 내 눈길을 끈 것은 가지였다.

  우리나라에서 흔히 먹는 가지 종류를 이탈리아에서는 "멜란자니 베이비 melanzani baby(아기 가지)"라고 부른다. 이곳에서 일반적으로 먹는 가지는 크기가 훨씬 더 크고 맛도 다르다. 나는 가지 요리를 좋아하지 않았다. 가지 나물을 먹더라도 가지 맛보다는 양념 맛으로 마지못해 먹곤 했다. 그런데 이 나라 사람들은 너나 할 것 없이 모두들 가지를 좋아하고, 그런 만큼 가지 요리도 퍽 다양하다.

  산 로렌초 레스토랑에서도 "파르미자나parmiggiana"라는 이름의 가지 요리를 자주 하였다. 이 요리는 안티파스토에 속했는데, 내가 보기에는 식전 요리인 전채로 먹기에는 조금 무거워 보였다. 사실 파르미자나 하나만으로도 충분히 식사가 가능했다. 산 로렌초의 쿠치나는 튀기는 음식을 거의 만들지

시장 좌판오렌지와 아티쵸크.

재래시장의 야채,
오렌지와 아티초크

손님들에게 낼 가지 요리 접시.

않는데, 파르미자나는 이곳에서 유일하다시피 한 튀김 요리이다. 가지를 튀기는 일 또한 내 몫이었다. 아침부터 기름에 튀기는 일은 정말로 싫었다. 빈속에 기름 냄새를 맡으면서 튀기고 또 튀기다 보면 가지가 미워지곤 했다.

아침부터 콩기름에 가지를 튀기느라 안 그래도 재빠른 내 손이 더욱 바쁘게 움직일라치면, 시모네의 얼굴에 웃음이 번졌다. 내가 가지를 알맞게 잘 튀기고 있다는 표시였다. 다른 친구들은 너무 태우거나 덜 튀겨서 이미 한 차례씩 혼쭐이 난 터였다. 그러나 제사 음식과 잔치 음식을 숱하게 준비해 본 한국 사람에게는 기름에 튀기는 일쯤이야 그리 어려운 일이 아닌 것을.

시스템이 잘 갖추어진 쿠치나에서 음식을 만드는 일은 힘들긴 해도 꽤 재미있었다. 그리고 근사하게 완성시킨 접시를 손님들이 눈으로 누리고, 입으로 맛보며 맛있다고 한마디 하면, 마치 훌륭한 예술 작품을 만든 듯 뿌듯했다.

내가 산 로렌초에서 배운 가지 요리 두 가지를 소개한다. 이 요리들은 시모네의 창작품이다. 구운 가지에 한 단씩 치즈를 얹고 토마토 소스를 바른 뒤에 오븐에서 다시 구운 이 음식은 프리모와 세콘도를 겸한 주요리로 대용하는 것도 괜찮다. 더러 친구들에게 식사를 대접할 때, 전채로 가볍게 샐러드에 빵을 곁들여 먹은 뒤, 주요리로 이 3단 멜란자니를 해 먹곤 했다. 한국에서는 크기와 맛이 조금 다른 "한국의 가지"로 나만의 방식으로 맛있는 가지 요리를 만들어 볼 생각이다. 창작하고 싶다. 아마 여러 차례 시행착오를 겪을 테지만.

로잔나 식의 가지 요리_파르미자나parmiggiana

재료 가지, 양파, 살비아, 로즈마리, 빵가루, 토마토 소스, 파르마 산 치즈, 올리브 기름

생 바실리코(바질), 훈제 치즈, 빵

1. 일단 우리나라 가지의 세 배쯤 되는 큰 가지를 깍둑썰기로 썬다.

2. 팬에 올리브 기름을 두른 뒤, 깍둑썰기한 양파에 살비아, 로즈마리를 넣고 볶다가 가지를 넣고 함께 볶

   는다. 어느 정도 볶은 뒤에 뭉개는 도구로 뭉갠다.

3. 계란 두 개를 풀어서 소금과 후추를 넣고 파르마 산 치즈도 넣는다.

4. 빵은 겉의 딱딱한 부분을 두고 속의 부드러운 부분을 파내서 쓴다.

5. 빵과 가지 뭉갠 것과 계란을 섞는다. 이때 파르마 산 치즈와 함께 생 바실리코를 몇 장 뜯어서 넣고,

   토마토 소스를 넣는다.

5. 훈제 치즈도 깍둑썰기 해서 넣고 같이 잘 섞는다.

7. 오븐용 그릇에 빵가루를 뿌려 들러붙지 않게 한 뒤에 지금까지 준비한 재료를 골고루 쏟아붓는다.

8. 오븐용 그릇에 재료를 다 담은 뒤, 맨 위에 토마토 소스를 바른 뒤에 빵가루를 덧뿌리고 다시 파르마

   산 치즈를 골고루 뿌린다. 그 위에 후춧가루를 살짝 뿌려서 마무리한다.

   예열된 오븐에서 180도에서 20분 동안 굽는다.

빵에서 부드러운 속살만 파낸다.
훈제 치즈를 깍둑썰기로 썬다.
볶아서 으깬 가지와 계란 푼 것을 섞은 뒤, 토마토소스를 끼얹는다.

산 로렌초 식 가지요리_돼지고기 튀김과 가지의 만남

재료 가지, 돼지고기(돈가스용), 밀가루, 빵가루, 계란, 타르투포, 케이퍼, 소금, 후추, 프레제몰로

토마토, 아스파라거스, 훈제 치즈, 토마토 소스, 해바라기씨 기름, 아추게acciuge(앤쵸비)

1. 먼저 돼지고기를 튀긴다. 돼지고기는 뼈를 발라서 살만 골라 넓적하게 자른다.

   밀가루, 계란, 빵가루를 순서대로 묻혀서 튀긴 뒤에 앞뒤로 소금을 살살 뿌린다.

   그 위에 타르투포를 바른 뒤 케이퍼를 으깨서 올려놓는다.

2. 이번에는 가지를 동그랗게 슬라이스를 치되, 크기를 세 가지로 다르게 한다. 앞뒤로 밀가루를 묻혀 해

   바라기씨 기름에 튀긴다.

3. 아스파라거스도 삶아서 밀가루를 얇게 묻혀서 살짝 튀긴다.

4. 토마토는 반으로 잘라, 빵가루, 마늘 소금 후추, 프레제몰로를 자른 면에 묻혀서 오븐에 굽는다.

5. 튀긴 돼지고기 위에 썰어 놓은 가지를 크기가 작은 것이 위에 오게 세 단씩 얹는다. 첫 번째 단에는 토

   마토 소스를 두르고, 두 번째 단에는 치즈를 잘라서 얹고, 맨 마지막 단에는 아취우게 다진 것을 얹는

   다. 그러고 그 위에 살짝 튀긴 아스파라거스를 올리고, 반으로 잘라둔 토마토를 얹는다.

   오븐에 굽는다.

타르투포를 바른 뒤 케이퍼를 으깨서 돈가스 위에 올린다.
가지를 세 가지 크기로 슬라이스 해서 기름에 튀긴다.
돼지고기 튀김 위에 가지, 그 위에 다시 아스파라거스와 토마토를 올린 뒤 굽는다.

시에스타la siesta, 그 달콤함이여

대도시가 고요한 침묵에 잠기는 일은 거의 없다. 서울에서 끊임없이 움직이는 자동차들의 행렬을 보면서 '도대체 이 도시는 언제쯤 휴식을 취할까' 하고 생각한 적이 있다. 이탈리아에서 처음으로 시에스타siesta를 접했을 때, "도대체 뭐 하는 거야, 대낮인데 왜 문을 닫아?" 하며 의아해했다. 그러나 모두가, 온 도시가 함께 쉬고 잠자는 시간이 있다는 것에 금방 매료되어 시에스타를 사랑하게 되었다. "아무것도 하지 말라지 않는가."

어쩌면 관광객은 모든 곳이 문을 닫고 있으니 불편하고 짜증이 날 수도 있다. 그러나 이 도시에서 일하며 살고 있는 사람으로서는 이 조용한 한낮의 휴식이 그저 달콤할 따름이다. 하루 스물네 시간을 시에스타를 중심으로 시간을 분배하는 느낌이다. 서울에서 스물네 시간 편의점을 이용하고 필요한 물품을 아무 때나 구입하는 것에 견주면 불편한 시스템일 수도 있다. 그러나 시에스타에 몸의 리듬을 맡기다 보면, 바쁜 하루 일과에서 한 박자 쉬어 가는 여유를 체득하게 된다. 덕분에 일도 매우 효율적이다.

레스토랑에서 점심 일을 마치고 부랴부랴 옷을 갈아입고 집으로 갈 때면, 조금 전까지 활기 넘치던 거리는 이미 문을 닫은 상점들과 더불어 달콤한 휴식에 들어가 있다. 깨질 듯이 쨍한 하늘과 바짝 마른 태양만이 길을 비추고

시에스타 시간에 문을 닫은 상점 밖에서 물건을 미리 보아 두었다가 문이 열리면 재빠르게 쇼핑을 한다

시에스타 시간에 굳게 닫힌 덧문.
길거리에 걸린 피노키오 인형.

모두가 집에서 느긋하게 한낮의 잠에 빠져든다. 나는 뜸해진 버스 시간을 감안해서 닫힌 상점들 유리창을 통해 그동안 하지 못한 윈도우 쇼핑을 한다. 다른 사람들도 문을 닫은 가게의 진열창에 고개를 박고 자신이 원하는 상품을 눈으로 골라 둔다. 그러고는 6시나 7시쯤 가게가 다시 문 여는 시간에 맞추어 빛의 속도로 들어가 물건을 산다. 이탈리아에서는 많은 쇼핑이 이런 식으로 이루어진다. 문이 닫힌 상점 밖에서 물건을 보는 것이 습관화되었다. 일요일이나 공휴일에 차가 뜸해서 불편하다고 하면, 모두가 입을 모아 "그들도 쉬어야 하니 불편한 건 감수해야 한다"고 말하는 곳이다.

이곳에서 지내는 동안에는, 세상은 바삐 돌아가는데 나만 혼자 이 세상 언저리에서 서성거리는 건 아닐까 하는, 상대적인 박탈감으로부터 자유로웠다. 오래되고 낡은 집 속으로 들어가 더위를 식히는 이곳 사람들의 모습에서 사람 냄새를 느꼈다. 처음 일을 배울 때에는 보조인 나는 시에스타 시간에 따로 남아서 음식을 더 만들어야 하는 것은 아닌지 걱정했다. 그런데 쿠치나를 말끔하게 원상 복귀시키고는, 모두가 빠짐없이 옷을 갈아입고 각자 집으로 바삐 갔다.

산 로렌초에서 우리가 누리는 시에스타는 세 시간쯤이었다. 레스토랑마다 조금씩 다르지만, 서너 시간을 집에 가서 쉬고 오면 저녁 일이 한결 쉬웠다. 처음에는 적응을 못해서 집에 와서도 이런저런 일을 하기도 했지만, 얼마 지나지 않아 점심의 힘든 일을 마친 끝이라서 나도 모르게 소파에서 쉬거나 침대에서 잠을 자게 되었다. 라디오를 나지막하게 켜고 음악을 들으며 쉴 때도 있었다. 이때 비로소 이탈리아식 덧문의 효과를 강하게 느꼈다. 점심시간이 지나면 여기저기서 덧문 닫는 소리가 들려왔다. 처음에는 무슨 소리인가 싶었는데, 어느새 나도 그들처럼 창의 덧문을 닫아 빛을 차단하고 잠을 자거나 음악을 듣거나 하는 것이었다. 시에스타 때문에 불편한 것이 있다면 오로지 셰프복을 하루에 두 번 갈아입는 것뿐이었다. 오전에 한 번, 저녁에 한 번. 그러나 세 시간의 꿀 같은 휴식 앞에서 그 정도의 수고로움은 대수가 아니었다.

레스토랑처럼 노동 강도가 센 곳에서는 시에스타 같은 휴식이 필요하다. 회사원들에게 일 년에 한 차례, 또는 한 달에 하루씩 휴가가 필요한 것처럼 말이다. 쿠치나에서 전쟁을 치르듯 맹렬하게 일하는 셰프들에게 날마다 서너 시간씩 재충전의 시간이 주어진다고 해서, 누가 뭐라 할 것인가.

나무 그늘 밑에서 쉬는 배짱이의 배포가 때론 더 생산적일 수 있다. 개미가 부지런하다고 해서 반드시 잘사는 것이 아니듯이….

모두가 잠든 도시 구비오.
아씨씨의 낮잠.

시모네 셰프를 배신한 베로니카, 페루자를 떠나다

산 로렌초에서는 아침에 출근하면, 파스타를 삶을 물을 불 위에 올려놓고 나서, 곧바로 라디오를 켜고는 시모네가 즐겨 듣는 방송에 주파수를 맞추었다. 그는 음악을 들으며 일하기 때문에 라디오를 반드시 켜 놓아야 했다. 그러면 "베로니카 라디오"의 로고송이 흘러나왔다. 지역방송인지는 잘 모르겠지만, 페루자에서는 "베로니카 라디오"가 대세였다. 재미있는 우연의 일치로, 이곳에서는 내 이름이 세례명을 따라 "베로니카"였다. 산 로렌초의 붙박이 보조 셰프로 일하는 기간이 길어지면서 모든 것에 익숙해졌다. 냉장고 안의 그 많은 음식 재료를 척척 꿰고, 긴장의 연속이던 시간도 어느덧 지나갔다. 그러는 사이에 요리 실습생이며 주방 견습생들이 들락날락함에 따라 쿠치나의 식구도 늘었다 줄었다 했고, 어느새 나는 산 로렌초의 고참이 되었다.

산 로렌초에서 모든 것에 익숙해지는 동안, 시간이 아무리 흘러도 결코 익숙해지지 않는, 오히려 날이 갈수록 참을 수 없는 것이 한 가지 있었다. 바로 시모네의 성질이었다.

요리 실습생 중에 엔죠라는 청년이 있었다. 그는 이탈리아 혈통의 브라질 상류층 집안의 아들로, 웃는 얼굴이 매력적이었다. 그는 시모네의 열정적인

감각이 탁월한 시모네의 요리 접시.
브라질에서 요리 실습을 하러 온 엔죠.

기대 속에 쿠치나에 들어왔다. 그러나 시간이 흐르면서 부족한 점이 눈에 띄기 시작했다. 시모네는 그것을 견디지 못했다. 엔죠는 브라질에서 자랐고, 이탈리아 요리학교를 졸업한 뒤에 이곳 산 로렌초 식당으로 온 것이 경력의 전부였다. 그가 다른 청년들처럼 이탈리아 요리전문고등학교를 나온 것도 아니니 이탈리아 음식과 음식문화를 모르는 것은 당연했다.

음식을 만드는 데는 두 가지가 중요하다. 첫째는 음식을 잘 만들어 맛을 낼 줄 아는 것이고, 둘째는 접시를 예술적 감각으로 보기 좋게 잘 꾸며서 상품성을 돋보이게 하는 것이다. 음식을 접시에 감각적으로 멋스럽게 담아내는 것은 어느 정도는 타고나야 하는 것 같다. 내 경우는 그나마 사진을 했고 타고난 구도 감각이 있는 편이어서 웬만큼 흉내를 냈다. 그런데 엔죠는 음식은 잘 만드는데, 예술적 감각이 거의 빵점이었다. 그런 그에게 실망해 시모네는 날마다 그에게 소리를 지르고, 그를 냉대했다. 함께 일하는 다른 사람까지 참기 힘들 만큼, 구박이 심했다. 시간을 두고 기다려 줄 수도 있는 일이었다. 타고나지는 않았지만 천재 요리사를 꿈꾸지 않는다면 그리 큰 결격 사유도 아니었다. 게다가 아직은 가능성이 많은 젊은 친구가 아닌가.

나는 시모네의 참을성 없음에 화가 났다. 또 시모네의 예민함은 그 누구도 말릴 수가 없었다. 옆 가게 피차이올로pizzaiolo(피자를 굽는 사람)가 담배라도 피우면 냄새가 넘어와서 음식에 밴다고 소리를 지르며 생난리를 쳤다. 그런다고 해서 옆 가게 아저씨가 담배를 끄는 것도 아니었다. 말로만 알았다고 하고 계속 담배를 피웠다. 시모네는 그러면 곧바로 국자를 들고 뒷문으로 뛰쳐나가 한바탕 악을 쓰고 왔다.

시모네는 결코 나쁜 사람은 아니다. 칭찬에 인색하지도 않고, 정도 많으며, 다른 사람의 재능을 알아보고 그의 감각을 이끌어 낼 줄 아는 좋은 스승이었다. 무엇보다 그는 모두가 인정하듯이 최고의 요리사였다. 그러나 아무리 그가 훌륭한 요리사라 해도, 그렇게 불같이 화를 내는 것은 견디기 힘든 일이었다. 순간적으로 폭발해 모든 사람의 마음을 불편하게 하면 그가 아무리 최고라고 해도 더는 같이 지내고 싶지 않았다. 매사에 큰일이 일어날 듯이 그렇게 발고 강파르게 반응하다니, 인생에 진짜 큰일은 따로 있는데 말이다. 시모네는 나와 오래 일을 하고 싶어했다. 그러나 내 마음은 산 로렌초로부터 차츰 멀어져 갔다.

처음 이탈리아로 떠나올 때 내가 품은 생각은 "음식은 곧 문화"라는 것이었다. 음식을 만들 때, 또 식탁에 둘러앉아 먹을 때 우리는 행복감을 느껴야 한다. 시모네는 나에게 요리에 대해 많은 영감과 숱한 가르침을 주었다. 그러나 그의 역할은 거기까지였다. 나는 오래 머물려고 온 것이 아니었지만, 그의 요리 솜씨에 반해서 한바탕 꿈을 꾸듯 나도 모르게 빠져 들었다. 꽤 긴 시간이 흘렀다. 나는 대단한 요리사가 되기 위해서 여기에 온 것이 아니다. 인생을 아는 요리사가 되고 싶었을 뿐이다.

산 로렌초를 떠나는 날, 내 마음의 흔적을 백오십 년 된 레스토랑 옷장에 살짝 넣어 두고 왔다. 내가 떠난 다음 날도 그는 "베로니카 라디오"를 들었을

친구 유리의 비네리아vineria(와인 바).

것이다. 내 욕을 하며 들었을지, 나를 그리워하며 들었을지는 모를 일이다. 그의 품성으로 봐서, 처음에는 욕을 하다가 나중에는 그리워했을 것이다.

나는 처음 도착한 그 순간으로 되돌아왔다. 자유로웠다. 새로운 친구들을 만나며, 행복한 시간을 가졌다. 페루자에서 와인 바를 운영하는, 몬테풀치아노의 친구 유리를 만나서, "라 브리촐라" 레스토랑을 알게 되었다. 그곳에는 시모네처럼 고약한 인상의 셰프는 보이지 않았다. 그 대신, 뚱뚱하고 유머 있어 보이는 사비나, 키 크고 착해 보이는 다니엘레가 있었다.

무엇보다도 나의 눈길을 끄는 것은 그곳 음식이었다. 소박하고 풍성한 음식이었다. 시모네가 고급 레스토랑의 화려한 음식으로 나를 현혹시켰다면, 이들은 정감 어린 시골 밥상으로 나를 유혹했다. 자, 어떤 음식이 더 맛있는지 비교해 봐, 하는 것만 같았다.

서울에서 떠나올 때 용기를 냈듯이, 나는 이곳에서도 두려움 없이 사람들에게 필요하면 도움을 요청하고 내가 찾는 것이 무엇인지 말했다. 거기에 잇따라서 행운이 나와 함께했다. 참으로 고마운 일이었다.

비네리아 한쪽 벽면 가득 진열된 와인.
간단한 와인 안주 브루스케타.

그 무엇보다 중요한 한 가지, 지난번 사진을 배울 때 나에게 남겨준 큰 유산으로 자유롭게 이탈리아 말을 구사할 수 있다는 것에 거듭 감사했다. 언어가 되지 않는다면 그 어떠한 기회가 주어져도 아무 소용이 없기 때문이다. 다른 사람에게 내 의사를 제대로 표현을 하지 못하면서 전쟁터 같은 곳에서 일을 할 수 있겠는가. 말이 통하지 않고, 정신을 차리고 있지 않으면 한 시간도 못 돼서 바로 쫓겨나는 게 쿠치나다.

나는 페루자를 떠나 토스카나 몬테풀치아노로 항로를 틀었다. 어떤 일이 나를 기다리고 있을지 설렘을 안고….

페루자의 거리 풍경.

토스카나;

라 브리촐라에서
음식을 만나고, 사랑을 배우고

Toscana

토스카나 주의 음식은

이탈리아는 오랫동안 여러 도시국가로 이루어져 있어서, 지역마다 서로 다른 고유한 음식과 문화가 발달했고 저마다 고향에 대한 긍지가 높다. 특히 이탈리아 중부에 있는 토스카나 주는 그런 점에서 자부심이 대단한 곳이다. 높은 산악 구릉지가 발달한 토스카나 주는 맛과 품질이 뛰어난 레드 와인과 스테이크, 그리고 질 좋은 가죽으로 유명하다.

토스카나는 또한 문화와 예술을 꽃피워 르네상스 시대를 시작한 곳이다. 그런 만큼 유난히 자부심이 강한 그들은 특유의 방언을 고수하고 있고, 그것을 자랑으로 여긴다. 그들은 c 발음을 하지 않는다. 예를 들어 코카콜라를 "호가홀라"라고 하고, 코시cosi("이와 같이"라는 뜻)를 "호시"라고 발음한다. 다른 지역에 가서도 당당하게 그렇게 말하고, 일부러 사투리를 써서 토스카나 사람인 것을 은근히 뽐내기도 한다. 사람들은 그들의 특이한 발음을 놀리느라 흉내 내며 웃기도 하지만, 어쩌면 그들의 그런 태도는 당연한 것인지도 모르겠다. 지금 이탈리아 말은 피렌체 말을 중심으로 통합되었기 때문이다. 토스카나 주에서도 중심을 이루는 피렌체는 그런 경향이 더욱 심한 듯하다. 피오렌티노fiorentino(피렌체 사람)들이 몹시 콧대가 높고 건방지다 해서 일명 "스놉la snob"("신사인 체하는 속물"이란 뜻)이라고도 불리는 것을 보면 알 수 있다.

이탈리아는 어디를 가도 아름답고 고색창연한 문화재가 산재해 있다. 하지만 피렌체에 가서 우피치 박물관, 미켈란젤로의 다비드상, 꽃의 성당이라 불리는 두오모 대성당, 피티궁의 정원 보볼리를 직접 보면 그전에 본 다른 모든 것을 잊어버릴 만큼 아름답다. 피렌체 사람들의 자부심이 십분 이해가 된다.

치즈를
듬뿍 올린
소박

토스카나 음식의 특징은 빈약할 정도로 소박하다는 것이다. 요리를 할 때 부 재료나 소스를 많이 쓰지 않는다. 허브나 기름을 발라 숯불에 굽는 꼬치요리나 바비큐 등 정도로, 특별한 요리법이나 테크닉도 없다. 소박하게 바질, 로즈마리, 티모

timo(향미료), 프레제몰로 같은 허브나 올리브 기름으로 맛을 낼 뿐이다. 이탈리아 최대의 올리브 산지인 만큼 올리브 기름을 주로 쓰는 단순한 음식이 대부분이다. 바닷가 음식은 신선한 해산물이 주 재료이고, 기름을 이용한 튀김류의 음식이 많다. 면은 건조한 파스타 대신 우동처럼 면이 굵은 피치pici를 사용한다. 내가 두번째로 요리를 배운 라 브리촐라 레스토랑은 전형적인 토스카나 음식이 대부분이다. 단순하지만, 그래서 원 재료의 고유한 풍미를 한껏 살린 이 음식들은 아마도 지금까지 흔히 맛보던 이탈리아 요리와는 꽤 다를 것이다.

토스카나
음식

빵은 이탈리아에서 유일하게 소금을 넣지 않은 무염 빵을 사용한다. 그리고 경제 관념이 투철한 이탈리아 사람들인 만큼 빵 하나도 허투루 버리지 않는다. 여기에서 소개하는 빵가루 스파게티와 브루스케타bruschetta(빵을 베이스로 한 전채 요리)의 한 종류인 크로스티니crostini(브랜디로 향을 가미한 닭 간 소스를 마른 빵 위에 발라 먹는 음식) 등은 먹다 남은 딱딱한 빵을 재활용한 것으로 그 맛이 일품이다. 토스카나의 명물 추파zuppa(수프)인 리볼리타ribollita(˝다시 끓인 것˝이란 뜻) 또한 먹다 남은 음식을 재활용한 것으로, 귀족의 식사를 담당하던 주방 하인들이 귀족이 남긴 음식을 따로 모아서 끓여 먹은 데에서 유래했다. 야채를 잔뜩 넣고 오래 끓이다가 딱딱해진 빵을 넣어서 걸쭉하게 만든 수프다.

높은 구릉지로 이루어진 이곳은 예로부터 야생 짐승으로 다양한 음식을 만들었다. 야생 토끼나 멧돼지에 레드 와인을 가미해 화산재 돌 위에서 여러 날 푹 고아 만든 라구ragu(미트 소스)는 가히 일품이다. 특히 피렌체의 유일한 길거리 음식인 람프레도토lampredotto는 소 내장을 속에 넣은 샌드위치다. 피렌체의 길거리 음식은 마치 서울의 포장마차를 발견한 듯한 기꺼움에 빠져들게 했다. 멧돼지의 고약한 냄새를 빼기 위해 하루 전날에 식초를 탄 물에 양파, 홍당무, 월계수 잎을 넣고 멧돼지고기를 담근다. 멧돼지고기는 쫄깃쫄깃 하고 그 맛이 의외로 꽤 고소하다.

이들은 또 소의 위도 먹는다. 깨끗하게 씻은 소의 위(trippa)를 토마토 소스에 넣고 오랜 시간

토스카나의 구릉과 포도밭

뭉근하게 끓였다가 구운 빵과 함께 먹는 "라 트리파la trippa"는 라 브리촐라 레스토랑의 인기 메뉴다.

토스카나는 또 "라 비스테카 피오렌티나la bistecca fiorentina"(피렌체 식 스테이크)가 대표적인 음식인데, 고기가 아주 두툼하고 큰 것이 특징이다. 고기의 무게와 두께는 기준치를 재는 규격이 정해져 있는데, 그 기준에 맞지 않으면 아예 "피오렌티나"라는 이름을 붙여 주지 않는다. 그래서 라 브리촐라의 고기 담당자는 아침마다 낱개로 포장된 피오렌티나를 일일이 무게를 달아 점검해야 한다. 라 브리촐라의 메뉴판에는 이 스테이크 이름 아래에 무게 표시와 함께 이런 문구가 있다. "La fiorentina e non si puo fare cotta(피오렌티나 스테이크는 완전하게 익힐 수 없다)." 곧, "웰던well-done" 상태로 굽는 것은 불가능하다는 것이다. 그것은 고기가 두툼해서 미디엄medium 템포까지만 구울 수 있기 때문이다. 더 이상 구우면 속은 익지 않는데 겉만 탄다. 고기 위에 천일염 같은 굵은 소금을 뿌리고 신선한 올리브 기름을 뿌려 주는 게 전부다.

중부 이탈리아의 레스토랑들은 파스타를 기본으로 전채 요리부터 코스 음식을 시작한다. 메뉴판도 대체로 그 순서대로 나열되어 있다. 파스타는 피치pici를 주로 쓴다. 피치는 아피치카레 appiccicare(들러붙다, 끈끈하다)에서 파생된 말로, 면이 연필 굵기와 비교할 만큼 굵고 길며, 손으로 말아서 만들기 때문에 모양이 불규칙한 것이 특징이다. 라 브리촐라에는 프리모(파스타)의 종류가 일곱 가지인데, 그 가운데 세 가지 이상이 피치로 만든 것이다.

수타 쩌징면 국수처럼 생긴 피치. 레스토랑의 노천 테이블.

피치 면으로 만든 파스타를 처음 먹었을 때, 우리의 자장면이나 칼국수처럼 면이 둥글고 꽤나 굵어서 놀랍기도 하고 괜히 반갑기도 했다. 게다가 이 굵은 면에 라구 소스를 얹어서 비벼 먹는 데, 그 맛이 이국적인 맛이라기보다는 오히려 우리나라 음식 맛과 무척 비슷해서 향수를 자극할 만큼 친근감이 들었다. 라 브리촐라의 주인 알프레도 아저씨는 피치 알 라구pici al ragu(미트 소스를 곁들인 토스카나식 생 스파게티)에 중독되다시피 했다. 마치 우리가 끼니마다 된장찌개를 먹어도 질리지 않듯, 그는 거의 날마다 이 파스타를 먹었다.

피치는 토스카나의 시에나 지방에서 시작되었다. 손으로 말아서 만든 굵은 파스타로, 가까이에 있는 몬탈치노 지역에서는 핀치pinci라고도 부른다. 반죽은 보통 밀가루와 물로만 만든다. 기호에 따라 계란을 섞기도 한다. 몬테풀치아노의 레스토랑들은 피치를 한 집에서 모두 납품을 받는다. 생 파스타인 뇨키 탈리아텔레gnocchi tagliatelle와 함께 우리는 계란이 들어간 반죽을 사용한다.

이렇듯 토스카나의 음식은 간단하며 자극적이지 않다. 토스카나의 음식은 원재료 맛을 풍부히 살려 와인과 함께 곁들인다.

내가 살던 몬테풀치아노는 에트루리아 인이 세운 도시 시에나 현에 속한 곳이다. 해발 600미터의 구릉지에 조성된 이 마을은 산비탈마다 포도밭이 발달되어 있으며 그와 더불어 올리브나무와 밀 농사도 발달했다. 비노 노빌레 디 몬테풀치아노 vino nobile di Montepulciano는 이탈리아 와인 가운데 최고 등급에 속하는, 유명한 와인이다. 또 이름난 와인 산지인 만큼 맛있고도 황홀한 와인을 싼 가격으로 마실 수 있다. 길거리를 나서면 거의 모든 상점마다 밖에 와인 시음대가 있다. 레스토랑들은 직접 와이너리를 운영하는 곳도 있고, 그렇지 않으면 가까운 주변의 와이너리와 직거래로 와인을 구한다.

토스카나의 골동품 가게.
몬테풀치아노의 겨울 벼룩시장
상점 앞에서 수다를 떠는 노인들.
피렌체의 오래된 성.

스트레스 좀 풀자, 되는대로 마구 자르는 파스타

레스토랑 "라 브리촐라La Briciola," 이 이름의 뜻은 "빵 부스러기"다. 라 브리촐라는 몬테풀치아노라는 작은 마을도시에 있다.

토스카나 주는 전 지역이 구릉지로 이루어져 있는데, 그 가운데에서도 몬테풀치아노는 다른 곳보다 구릉이 꽤 높다. 해발 600여 미터의 구릉에 조성된 마을도시라서 교통이 불편한 까닭에 아직은 덜 알려진 편이다. 작은 도시이지만 역사가 오래되었고 그런 만큼 토스카나 식 삶의 전형을 지닌 곳이다. 또 올리브와 와인 산지로도 그 명성이 가볍지 않아, 이곳에서부터 삼십여 분 거리에 있는 키안티만큼 널리 알려져 있진 않지만, 품격 높은 와인을 생산하는 곳으로 정평이 나 있다. 구릉지에 수백 년 된 집과 건물이 들어서 있는 몬테풀치아노는 아름다운 도시다. 토스카나의 토속 음식과 와인, 그리고 그림처럼 아름다운 주변 경관은 이방인으로 하여금 이 도시의 매력에 푹 빠질 수밖에 없게 했다.

나는 날마다 아침 11시면, 집에서 오 분 거리의 "빵 부스러기" 식당으로 출근했다. 셰프 세 명과 홀의 알프레도 아저씨, 그의 아들 안드레아, 접시를 닦는 시모네타를 포함하여 여섯 명이 함께 일하는데, 자정쯤 되어야 집으로 돌

라 브리촐라의 칸티나cantina(지하 포도주 저장고).

아가곤 했다. 퇴근한 뒤 불과 몇 시간 뒤에 아침을 맞이하니 늘 간신히 피곤을 털고 다시 출근하는 느낌이었다.

　하루에 열 시간도 넘게 함께 일하면서 가족보다 더 오랜 시간을 같이 지내다 보니, 서로들 많이 의지하게 되고 그러면서도 서로 서운해하는 일도 많았다. 셰프들은 셰프들끼리, 홀은 홀대로 서운한 점을 끝도 없이 나직하게 수다를 떨며 하루의 일과를 시작했다. 그러다가 일 프란초il pranzo(점심)를 먹을 때 다시 모이면 아무 일도 없었다는 듯이 서로를 칭찬하며 손짓 발짓으로 익살을 떨곤 했다. 하기야 피고용인인 셰프들은 적당히 주인 욕을 하며 그 긴긴 노동 시간을 견디고, 주인은 주인대로 셰프들의 못마땅한 점을 이야기하며 스스로 위로받는 것이 어찌 보면 정신 건강에도 도움이 될 듯했다. 더구나 쿠치나의 노동 강도는 세고, 같이 있는 시간은 길고, 서로의 개성은 강하니 조용할 리가 없다. 어쨌든 이곳 사람들은 정말 말이 많다.

　11시 반 알도 포르치니 아저씨가 와서 늘어지는 수다와 함께 치즈와 생모차렐라를 한 바구니 내려놓고 가면, 뒤이어 지안카를로가 파스타 프레스카pasta fresca(생파스타) 박스를 어깨에 메고 들어와 한 눈을 찡긋하며 인사를 했다. 피치와 뇨키 탈리아텔레 등 그날 쓸 생파스타를 주고 갔다. 쿠치나의 아침은 이렇게 시작되었다. 이탈리아 음식에서 빠질 수 없는 신선한 야채와 로즈마리, 살비아, 프레제몰로, 월계수 잎 같은 허브와, 어마어마한 피오렌티나를 굽는 쇠고기 더미와, 살시차 등 새로운 재료가 들어왔다. 이 재료들은

다양한 종류의 파스타,
치즈들.

날마다 도마 위에서 새로 태어나 음식의 향연에 동참하곤 했다. 더불어 보조 셰프인 내 일도 산더미처럼 쌓였다.

나는 이리 뛰고 저리 뛰며 모든 식재료를 서른 개가 넘는 냉장고에 다 옮겼다. 새로운 식품의 분류와 저장이 웬만큼 끝나면, 그날의 메뉴를 위해서 내가 도울 일들을 챙겼다. "말탈리아티 디 브로콜로maltagliati di broccolo"를 준비해야 하는 날이었다. 그런데 전날의 피곤이 가시지 않았는지 몸이 말을 듣지 않았다. 내 굼뜬 몸을 셰프 사비나와 다니엘레가 금방 눈치를 챘다. 말탈리아티를 준비하려고 넓게 만든 라사냐lasagna 파스타를 갖고 내게로 오더니, "너 왜 말탈리아티maltagliati라고 하는 줄 아니?" 하고 물었다. "탈리아taglia"는 "자른다"는 뜻이고 "말mal"은 나쁘다의 뜻을 포함하고, 합치니 "나쁘게 자른다"는 뜻이었다. "자, 봐." 그는 가위로 널찍한 라사냐 파스타를 신경질적으로 멋대로 자르는 것이었다. 그러고는 가위를 내게 넘겨주며 말했다. "니 멋대로 막 잘라, 스트레스를 여기다가 푸는 거야. 알겠어. 그래서 말탈리아티야. 나쁘게 자른다고."

내가 그들처럼 셰프로 다져진 몸이 아니라서 말은 없어도 힘들어하는 것을 알기에, 그들은 나에 대한 배려가 컸다. 많은 양의 파스타를 가위로 마구마구 자르니 정말로 스트레스가 풀리며 몸도 한결 가벼워졌다. 모양은 꼭 넓은 수제비 같은, 내 멋대로 마구 자른 파스타를 요리조리 보니, 막 잘랐는데도 예쁘게 잘라졌다. 사비나가 와서 "어때, 스트레스 좀 날아갔어?" 했다. "막 자르고 내팽개치니 좀 나아졌어" 하고 대답하며 웃었다. 뭔가를 자르거나, 큰소리로 탁탁 다지는 게 스트레스를 푸는 데는 최고다.

처음 이 음식을 먹었을 때 내 느낌은 참 남달랐다. 이탈리아는 국물 음식이 많지 않다. 한국은 같은 면이라 해도 칼국수나 수제비 등등 유달리 국물과 함께 먹는 음식이 얼마나 많은가. 대부분 한국에서 먹는 파스타들은 토마토 소스나 크림 소스에 흥건하게 비벼 먹는다. 그러나 이탈리아의 정통 파스타는 소스를 적게 넣어 면이 소스에 겨우 비벼질 정도로 뻑뻑하게 해서 먹는다. 처음 먹으면 몹시 건조한 듯하다. 그런데 이 말탈리아티는 국물에 대한 내 목마름을 해소시켜 주었다. 물을 조금 부어서 다른 파스타처럼 뻑뻑하지도 않을 뿐더러, 라사냐의 넓은 파스타를 이리저리 내 맘대로 잘라서 어찌 보면 수제비를 넓게 뜬 것 같기도 했다. 거기에 팍 삶아진 브로콜로(브로콜리)를 곁들이니 일단 목으로 부드럽게 술술 넘어갔다. 뜨거운 김이 모락모락 나는 파스타 위의 치즈가 녹을 때쯤 포크로 한 술갈 들어 올리면, 한국에 두고 온 수제비가 그립지 않았다. 그렇게 난 말탈리아티를 먹으며 향수를 달래곤 했다. 물론 아침마다 마구 자르면서 스트레스도 팍팍 풀었다.

삶으려고 손질해 둔 브로콜리.
말탈리아티.

말탈리아티 디 브로콜리|maltgliati di broccoli

재료 되는대로 막 자른 라사냐, 브로콜리, 소금, 올리브 기름, 베이컨, 프레제몰로, 치즈

1. 먼저 브로콜리를 삶아야 한다. 넓은 솥에 찬물을 받고 소금을 넣는다. 많은 양의 브로콜리를 넣는다.

2. 물컹해질 정도로 브로콜리를 삶는다. 이탈리아 사람들은 시금치나 브로콜리를 거의 곤죽이 되게 해서 먹는다. 아삭하게 씹히고, 시금치 줄기의 단맛까지 느끼며 먹는 한국의 조리법과 비교할 때 처음에는 황당하기 그지없었다. 그러나 또 그들 식대로 먹으니 먹을 만했다.

3. 삶은 브로콜리는 한쪽에 놓아두고, 먼저 팬에 올리브 기름을 두르고 얇게 저민 삼겹살(여기서는 훈제 삼겹살을 쓴다), 마늘 몇 조각과 프레제몰로를 넣고 슬쩍 볶다가, 삶은 브로콜리를 넣고 물을 살짝 붓는다.

4. 다른 한쪽에서 펄펄 끓고 있는 소금 넣은 물에 아무렇게나 마구 자른 면을 넣고 삶는다. 어느 정도 부드럽게 삶은 라사냐 파스타를 팬으로 얼른 넘긴다. 뒤섞여진 파스타와 삼겹살 그리고 브로콜리가 어우러진 것을, 몇 분 동안 그렇게 팬에서 뒤적이면 다 된 것이다.

   넓고 예쁜 접시에 뜨거운 면을 담고 그 위에 치즈를 뿌려 준다.

라사냐를 되는대로 막 자른다.
브로콜리 위에 삶은 라사냐를 올린다.
라사냐와 브로콜리를 섞는다.

알프레도 아저씨가 훔쳐온 레시피

  알프레도 아저씨는 라 브리촐라의 주인이다. 다행히도 인상이 산 로렌초의 시모네 셰프와는 정반대였다. 몹시 재치가 있고 친절했다. 내 친구 유리가 자기 고향인 몬테풀치아노의 이 식당으로 나를 데리고 와서 스테이지를 하게 해 준 것도 이 아저씨의 품성을 믿었기 때문이다. 이 레스토랑은 음식도 맛있지만 아저씨의 인간성에 반해서 오는 손님들이 적지 않았다.

  라 브리촐라에는 세 명 이상의 공짜 손님이 있었다. 비스카르도, 지안루카, 페데리코 등이었는데, 공짜로 음식을 먹는 까닭이 서로 달랐다.
  비스카르도는 스무살이 되기 전에 한날한시에 부모님이 사고로 돌아가시는 바람에 충격을 받아서 서른다섯 살이 넘었는데도 지능이 조금 모자랐다. 시청에서 자원봉사를 하며 근근이 살아가는데, 혼자서 일상생활을 온전히 해 나가기에는 무리가 있었다. 비스카르도의 부모님은 알프레도 아저씨의 친한 친구였다. 이 바보 청년의 막막한 미래가 걱정되어서 아저씨 친구들끼리 서로 돌아가며 그를 돌보았다. 음식은 레스토랑을 운영하는 알프레도 아저씨가 평생 먹여 주기로 하고, 비스카르도가 살아갈 수 있는 집은 또 다른 친구가 보살펴 주기로 했다. 비스카르도는 먹는 양도 많고 시간도 정확해서 셰프들

은 우리 먹을 것을 준비하고 난 뒤에 곧바로 그의 음식을 준비했다. 비가 오나 눈이 오나 하루도 빠지지 않고 왔다. 그래도 아저씨는 늘 웃는 얼굴로 그를 대했다. 또 다른 공짜 손님인 지안루카는 아저씨의 절친한 친구였다. 재벌 수준의 재력가였는데 이혼을 두 번 하면서 재산을 홀랑 날리고 빈털터리가 된 뒤로 이 식당에서 날마다 식사를 해오고 있다. 때론 둘이 같이 신나게 떠들며 먹었다.

몬테풀치아노라는 도시의 특성이 알프레도 아저씨로 하여금 그렇게 할 수밖에 없게 한 면도 있겠지만. 아저씨에 관한 이런저런 이야기를 들으며 여러모로 감동을 받았다. 각박한 세상에서 얼마나 살맛 나는 모습인가. 이 지역은 거개가 포도밭인 구릉으로 둘러싸여 있어 폐쇄적이기도 하고, 도시도 작고 가구 수도 적어서 이름만 대면 모두 아는 작은 마을이다. 하루에 똑같은 사람을 여러 번 만나는 건 아주 자연스러운 일이었다. 시에스타를 중심으로 활동하는 시간이 같기 때문이었다. 도시의 중심을 한 바퀴 도는 데에 한 시간이 채 걸리지 않았다. 그래서 동양인이 없는 이곳에서 나는 뜻하지 않게 유명 인사가 되기도 하였다.

라 브리촐라도 그렇고 모든 식당이 계절에 따라 메뉴도 조금씩 계절 음식으로 바꾸며 제철 재료를 썼다. 라 브리촐라도 오십여 가지가 넘는 음식이 여름과 겨울에 따라 조금씩 바뀌었다. 물론 계절에 상관없이 메뉴판의 터줏대

감으로 꾸준하게 있는 것들도 있다.

"뇨키 알 발사미코 gnocchi al balsamico"는 이 식당의 터줏대감이다. 뇨키는 밀가루와 찐 감자 그리고 계란과 소금으로 반죽해서 뚝뚝 잘라 먹는 파스타다. 파스타 중에서 가장 부드럽다. 삶은 뇨키에 살시차와 생크림을 넣고, 발사믹 식초도 살짝 뿌려서 함께 비빈 뒤에 그 위에 치즈를 올리고 후추를 조금 뿌리면 끝이다.

이 음식은 알프레도 아저씨가 바닷가 어느 음식점에서 먹은 것을 그 맛이 매우 좋아 뇨키에 접목시킨 것이었다. 새로운 음식이자, 일부분 도둑질해 온 레시피이기도 했다. 아저씨는 "나는 이 훔쳐온 레시피를 뇨키에 접목시켜 새로운 걸 만들었다. 너는 네 나라로 돌아가서 이탈리아 식재료를 찾기 힘들면 이것을 너희 나라 재료를 써서 새로운 음식으로 재창조해 보라"고 충고했다. "여기서 배운 우리의 음식을 네가 네 나라에 가서 똑같이 할 수는 있겠으나, 재료가 나고 자란 토양이 달라서 똑같은 음식이 나올 수는 없다. 그러니 음식은 모방이라고 해도 새로운 창조며, 하는 사람에 따라 저마다 다 다른 음식이 되어 나온다." 아저씨의 이 말은 음식은 레시피만으로 되는 것이 아니라는, "치명적으로 중요한 생각"을 갖게 해 준 계기가 되었다. 결국 아저씨가 바닷가 어느 레스토랑에서 훔쳐온 레시피는 아저씨를 거쳐서 나에게로 와 한국에서 또 다른 음식으로 재탄생될 것이다. 모방은 창조의 어머니란 말처럼, 나도 아저씨의 음식을 훔쳐서 새롭게 창조할 것이다. 레시피 자체가 절대적인 게 아니다. 맛을 낼 줄 알고 느낄 줄 아는 경험자의 손이 곧 진정한 레시피다.

루콜라로 장식한 뇨키 알 발사미코

그냥 뚝뚝 자른 뇨키 파스타.

팬에서 완성된 뇨키 알 발사미고.
뇨키 알 발사미코를 접시에 담기.

뇨키 알 발사미코nocchi al balsamico

재료 뇨키, 발사믹 식초, 생크림(panna), 소금, 후추, 살시차, 올리브 기름

1. 뇨키 알 발사미코는 간단한 음식이다. 팬에 올리브 기름을 두르고, 살시차를 눌러 익힌 뒤 그 위에 생크림을 찍 뿌리고 발사믹 식초도 뿌린 뒤, 삶은 뇨키를 넣고 팬에서 두어 번 흔들어 주면 끝이다. 뇨키는 좀 귀찮아서 그렇지 수제비를 먹는 사람이라면 누구나 따라할 수 있다.

뇨키 만들기

재료 감자, 계란, 소금

1. 감자 7, 8개를 삶은 뒤 식혀서 껍질을 벗긴다. 껍질을 벗긴 뒤 체에 쳐서 가늘게 뽑아 놓는다.
2. 밀가루와 감자를 섞고, 계란 2개를 넣어 반죽한다. 여기에 소금을 넣고 반죽을 동그랗게 만든 뒤, 네 등분으로 잘라 그 중 한 덩어리를 길쭉하게 만든 뒤 손가락 굵기로 길게 눌러 조랭이 떡보다 굵게 잘라 놓는다. 생반죽이라서 곧바로 먹거나 냉동보관 해서 먹는다. 밀가루는 몇 그램인지 모른다. 대충 눈짐작으로 감자 8개와 맞는 양이면 된다. 이것을 가르쳐 준 다니엘레의 엄마는 자신도 모른다고 했다.

밀가루와 감자 으깬 것 그리고 계란. 밀가루 반죽을 말아서 길쭉하게 한 뒤 뚝뚝 끊어 낸다.

맘마미아! 빵가루 스파게티

　이탈리아의 새벽을 여는 사람들, 바로 새벽시장의 사람들이다. 어느 나라나 새벽시장이 있다. 우리나라도 청과물, 수산물 시장, 꽃시장 그리고 옷이나 옷감 시장까지 새벽시장이 활발하다. 새벽시장이 다루는 것은 대부분 신선도가 중요한 것들이다. 어쩌다 한번 새벽시장을 가게 되면 그곳 사람들의 민첩함과 근면함에 감탄하며, 자신이 얼마나 게으르고 여유롭게 아침을 보내는지 새삼 되돌아보게 된다.

　어느 날, 친구들과 늦은 밤까지 술을 마시고 집에 돌아가던 새벽길에, 우연히 빵가게 불빛 속에서 나이 지긋한 할아버지가 빵 굽는 것을 본 적이 있다. 새벽 아스라한 푸르름 속에서 느리게 움직이는 할아버지의 모습은 영화 장면처럼 다가왔고, 가게를 지나칠 때 풍겨오는 빵 냄새는 나를 환상의 세계로 빠뜨렸다. 나는 빵을 먹으며 살아온 사람이 아니었기에 아침 일찍 신선한 빵이 필요하다는 사실을 그때까지는 인식하지 못했다. 사람들이 아침 7시나 8시쯤 신선한 아침을 먹으려면, 빵을 굽는 사람들은 새벽부터 일해야 한다는 것을.

　빵 굽는 것을 배우고 싶어 빵가게에서 이것저것 물어보다가, 한밤중인 12시나 1시에 출근한다는 소리에 깜짝 놀랐다. 신새벽에 출근해서 아침 9시나 10시쯤 퇴근한다고 했다. 내가 아는 어느 피차이올로는 새벽에 일어나는 것이 너무 고통스럽고 일에 지쳐서 이십 년 동안 해 오던 일을 접고 레스토랑으로 전업했다. 빵은 간단할 줄 알았는데, 이렇게 새벽부터 고되게 일하리라고는 미처 짐작하지 못했다. 아무 때고 손쉽게 사먹을 수 있는, 구수하고 먹음직스러운 빵과 피자가 그렇게 엄청난 노동의 대가로 나오는 것일 줄이야. 마치 우리가 밥을 먹으며 농부의 수고로움을 알지 못하는 것과 같았다. 그뒤로 빵을 먹을 때마다 절로 감사 기도를 드리게 되었다.

이탈리아는 빵 전문점 "파네테리아la panetteria," 과자와 케이크류를 파는 "파스티체리아la pasticceria," 피자 전문점인 "피체리아la pizzeria"로 빵가게가 구분되어 있다. 그러나 보통은 파스티체리아에서 빵과 케이크를 함께 판다.

통나무의 나이테 같은 빵 단면.
토스카니만의 무염 빵.

식당에서 쓰는 가장 기본적인 빵 파네pane는 거대하고 큰 통나무처럼 생겼다. 아침마다 종이 포대에 넣은 갓 구운 신선한 파네가 식당으로 배달된다. 쌀이 가마니나 포대로 유통되는 것처럼 빵도 큰 포대에 넣어서 배달된다. 그러면 보조 셰프인 나는 새로 배달된 갓 구운 빵과 좀 딱딱해진 어제의 빵을 구분해서 두 개의 통에 나눠 담는다.

빵을 자르는 일은 생각보다 쉽지가 않았다. 초기에 아직 빵 자르는 게 쉽지 않은 나는 안간힘을 다 해 빵을 잘랐다. 그러면 다니엘레 셰프가 슬며시 다가와서 자기가 하겠다고 했다. 그래도 언제 내가 이렇게 많은 양의 빵을 잘라

보겠나 싶어 괜찮다 하고는 다시 톱질을 하듯 빵을 잘랐다. 부드러운 빵에 익숙한 한국 사람인지라 통나무 같이 딱딱한 빵이 익숙하지 않았다. 우리가 식사 때 꼭 밥이 있어야 하듯, 이곳 사람들에게 빵은 필수다.

빵을 자를 때 부스러기가 엄청 많이 나온다. 나는 빵 부스러기를 털어 내며 가루의 촉감을 느껴 보았다. 그러면서 드는 생각이, 이 레스토랑 이름이 참 멋있구나 싶었다. "빵 부스러기, 빵 조각 레스토랑." 빵을 자르며 꼬리를 물고 드는 생각에 빠진 내게 사비나가 소리를 질렀다. 빵가루 스파게티를 할 것이니 빵을 갈아 달라는 것이었다.

라 브리촐라la briciola(빵가루 스파게티)를 하기 위해서는 조금 딱딱해진 빵

올리브 기름에 알맞게 재워진 빵가루.
파스타와 빵가루를 섞는다.

을 그라인더에 넣고 가루가 될 때까지 간다. 이 빵가루 스파게티는 이 레스토랑의 명물이기도 하고, 토스카나 지역에서만 먹는 음식이기도 하다. 딱딱해진 빵까지 살뜰하게 활용하는 이탈리아 사람들이다. 아니, 무엇 하나 버리지 못하는 것이 유럽 사람들의 습성이다. 음식 또한 절대 남기거나 버리지 않는다. 본받고 싶은 훌륭한 문화다 싶었다.

어느 날 무려 일흔 명의 단체 손님이 왔다. 음식을 얼마나 남기고 갔는지 궁금해서 음식물 쓰레기통을 슬쩍 들여다보았다. 한국 음식점의 음식물 쓰레기를 떠올리면서 말이다. 그런데 깜짝 놀랐다. 큰 쓰레기통의 절반도 차지 않

앉을 뿐만 아니라, 쓰레기도 거의 고기의 뼈나 스파게티 면 조금과 빵 조각 뿐이었다. 이들이 음식 버리는 일을 굉장히 죄스러워한다는 것을 알고 있던 터라, 친구 부모님 집에 놀러 가서도 음식을 좀 많이 주어도 남기지 않고 다 먹곤 했다. 음식뿐이 아니었다. 곳곳에 유명한 벼룩시장이 있듯이, 오래된 물건 또한 버리지 못하는 유럽 사람들의 생활 습성은 거의 재활용의 달인 같았다.

이름부터 "빵 부스러기 식당"인 만큼 라 브리촐라는 이 레스토랑에서 가장 많이 나가는 음식 가운데 하나였다. 한번 먹어 본 사람이라면 누구나 그 맛을 잊지 못하는 듯했다. 면의 담백함과 빵가루의 고소함이 고스란히 살아 있고, 거기에 매콤함이 살짝 얹어져 매력적인 감칠맛을 더했다. 이때 가장 중요한 것은 빵이다. 토스카나의 빵 말이다. 라 브리촐라 메뉴판에 알프레도 아저씨는 이렇게 적어 놓았다.

"가장 아름다운 것은 단순함에 숨어 있다, 이 빵가루 스파게티처럼. 약간의 물과 밀가루, 어떠한 양념도 넣지 않고 그것을 적절히 배합할 줄 아는 지혜로운 손. 소박하지만 최고의 요리이고, 가난함에서 나왔지만 풍요로운 음식이다."

얼마나 멋진 생각인가!

빵가루 스파게티(La Briciola spaghetti)

재료 피치pici 면, 빵가루, 소금, 매운 고춧가루, 마늘, 올리브 기름

1. 팬에 올리브 기름을 넉넉하게 두르고, 마늘 조각, 소금, 매운 고춧가루를 조금 넣고 불에 살짝 익힌다.

   마늘이 어느 정도 익으면 빵가루를 넣고 팬을 흔들어 빵가루가 올리브 기름에 골고루 적셔지게 한다.

2. 다른 솥에는 소금을 넣고 면을 삶을 물을 준비한다.

3. 삶은 피치 또는 파스타를 1에 넣고 몹시 빠른 속도로 불 위에서 비빈다.

4. 면에 빵가루가 보기 좋게 붙으면 스파게티를 접시에 담고 약간의 고춧가루를 뿌린다.

5. 이 빵가루 스파게티는 따뜻한 상태에서 빠른 시간에 먹어야 하는 음식인 만큼, 준비 시간이 길면 안 된

   다. 빵가루가 올리브 기름에 푹 재워질 정도로 늘어지면 맛이 없기에 때문에, 주문을 받고 나서 손님

   테이블까지 나가기까지 채 5분을 넘기지 않는다. 우리가 불어터진 국수나 수제비를 먹지 않는 것처럼.

올리브 기름에 마늘 조각과 고추 등을 넣고 볶는다.
빵가루를 넣고 함께 섞는다.
빵가루와 피치 면을 재빨리 섞는다.

구워라 구워라

이탈리아 레스토랑에 가면 메뉴판 맨 앞쪽 안티파스토 난에 어김없이 브루스케타bruschetta가 있다. 한국에서도 요즘 젊은 세대들은 브루스케타를 꽤 즐기는 편인 걸로 안다. 그만큼 우리나라에서 이탈리아 음식이 대중화되었다. 이탈리아 단어들도 상품 이름이나 광고에서부터 거리의 카페 간판에 이르기까지 여기저기서 곧잘 툭툭 튀어나온다.

이렇듯 유명하고 흔한 브루스케타를, 나는 이곳 라 브리촐라에 오기 전에는 만드는 법을 배우지 못했다. 그전에 일한 산 로렌초에서 배운 음식들은 이른바 "알타 쿠치나alta cucina(고급 요리)"였다. 그곳에는 브루스케타가 없었다. 결국 나는 페라리는 몰아 봤는데 한국의 현대나 대우 차는 아예 운전할 줄 모르는 사람 같은 셈이었다. 어디에나 있는

레스토랑
방명록

보편적인 음식인 브루스케타가 퍽 궁금했다. 그래서 내심 브루스케타를 만드는 레스토랑에서 일해야겠다고 생각했다. 직접 만들어 보아야 하니까.

라 브리촐라의 메뉴에서 브루스케타가 세 가지 이상 있는 것을 본 뒤, 나는 회심의 미소를 지으며 드디어 내가 브루스케타를 배울 수 있겠구나 싶었다.

화산재 그릴에서 구워 낸 빵.
토핑을 다양하게 한 브루스케타.

알리오 올리오 브루스케타.

"비바 이탈리아viva italy(이탈리아 만세)!" 라 브리촐라에서 일하면서 브루스케타를 직접 굽고 먹고 하다 보니, 문득 이 음식을 '오래 전에 어디에서인가 먹었는데' 하는 생각이 스쳤다. "브루스케타"라는 이름만 들었을 때는 왠지 거창한 음식일 것이라는 생각에, 잊고 있던 그 무언가가 나의 뇌리를 스쳤다. 브루스케타에 관한 추억의 한 단편이….

사진학교에서 친구들과 신나게 여기저기 다니며 놀 때였다. 새벽까지 작업을 하고 이른 아침에 다같이 한 친구의 집으로 몰려가서 따뜻한 차를 마시곤 했다. 그러면 무척 친절하고 자상한 이탈리아 남자 녀석들이 부엌으로 가서 먹거리를 찾다가 오래되어 딱딱해진 빵을 오븐에 굽기 시작했다. 그러고 생마늘 하나를 깐 것을 구워 놓은 빵에 서너 번 긁듯이 문지르고는, 그 위에 올리브 기름을 뿌리고 소금을 살짝 흩뿌려 우리에게 갖다 주었다. 따뜻한 그 브루스케타와 한 잔의 차, 어쩜 그리도 맛있었는지. 브루스케타를 갖다 주며 먹으라고 한 친구 이름을 지금도 생생히 기억하고 있다. 카를로 브란초, 십팔 년이 지난 지금까지도 만나는 동기생이었다. 그는 내게 브루스케타를 주면서 "무척 간단한데 맛있어. 어때?" 하고 물었다. 동양에서 온 나에게 자기들의 대표적인 간식거리를 대접하며 내 반응이 궁금했던 것이다. 그때 먹은 것이 바로 브루스케타였다.

라 브리촐라에서 다양한 종류의 브루스케타를 구웠다. 배우고 싶은 음식이기도 하고, 우리네 입맛과 맞아 떨어지기도 해서, 나는 아주 열정적으로 브루스케타를 도맡아 굽고 접시에 담곤 했다. 먹다 남은

브루스케타

빵이나 조금 오래된 빵으로 브루스케타를 구워도 상관없다. 브루스케타를 하
려면 먼저 빵을 그릴에 굽는다. 그릴에 얹어 멋스럽게 까맣게 세 줄이 그어지
도록 태운다. 시각적 효과로도 좋다. 가장 기본적인 브루스케타는 오래 전에
카를로가 우리에게 만들어 준, 마늘 향이 나는 브루스케타다.

　브루스케타 중에서도 내가 사랑하는, 미니 브루스케타의 한 종류로 골로세
토golosetto가 있다. 식사 전 안티파스타로 양도 적당하고 다양한 재료가 들
어가서 몹시 맛있다. 주요리를 먹기 전에 가볍게 먹을 수 있다. 나는 이 메뉴
를 좋아해서 잠깐씩 시간이 나거나 배가 고프면 쪼가리 빵으로 만들어서 즐
겨 먹었다.

　내가 브루스케타를 좋아하고 자주 먹는 것을 알고, 브루스케타 중에서 어
느 것이 가장 맛있느냐고 셰프들이 물어 보곤 했다. 그럼 나는 주저 없이 이
탈리아 사람들이 가장 사랑하고 나도 정말로 맛있다고 느끼는, 마늘 향에 올
리브 기름만 뿌린 단순한 브루스케타가 맛있다고 대답했다. 그러면 그들은
엄지를 치켜세운다. 이탈리아 입맛이 다 되었다는 뜻이었다.

　"나, '마늘의 나라'에서 왔어. 왜 이래, 꼬레아나라니까."

브루스케타bruschetta

재료 빵, 마늘, 올리브 기름, 토마토, 바질, 소금, 후추, 시금치, 살라미, 치즈 등등

1. 그릴에 구운 빵에 생마늘을 두서너 번 그어 준 뒤, 올리브 기름을 뿌리고 그 위에 소금을 조금 흩뿌린 다. 그럼 끝이다. 따뜻한 빵에 사르르 밴 마늘향과 올리브 기름의 고소함이 일품이다.

2. 다음으로 이탈리아 사람들이 가장 사랑하는 것은 토마토를 잘게 깍둑썰기 한 것(소금, 후추, 올리브 기름, 바질을 섞어 만든 것)을 구운 빵 위에 올린 것이다. 아삭한 빵에 이탈리아의 맛있는 토마토를 얹어 먹으면 맛이 끝내 준다.

3. 그밖에도 여러 종류의 브루스케타가 있다. 이것이 안티파스토일까 할 정도로, 한 끼 식사로 먹기에도 충분한 양의 크기와 재료가 들어간다.

4. 구운 빵 위에 삶은 시금치와 치즈를 더 얹기도 하고, 그냥 치즈나 살라미 등을 얹기도 한다. 사실 브루스 케타는 구운 빵 위에 어떤 토핑이든 넬라 판타지아nella fantasia(자유롭게 상상되는 대로)로 얹으면 된다.

브루스케타에 얹을 토마토 고명.
다양하게 고명을 쓴 브루스케타.

골로세토 golosetto

재료 빵, 치즈, 프로시우토prosciutto(햄), 꿀, 시금치, 살비아, 버섯 볶은 것

1. 빵을 굽지 않는다. 빵이 작아서 타 버리면 안 되기 때문이다. 일단 빵을 10조각으로 만들어 양옆으로 5

   개씩 늘어놓는다.

2. 첫째 줄에는 치즈 위에 프로시우토를 얹고, 둘째 줄에는 치즈 위에 버섯 볶은 것을 올려놓는다. 셋째

   줄에는 삶은 시금치 위에 치즈를 얹고, 넷째 줄에는 치즈를 얹고 살비아 허브를 살라미로 말아 올려놓

   는다. 마지막 다섯째 줄에는 치즈만 얹는다. 나중에 호두를 얹고 꿀을 바른다. 오븐에 넣고 180도C쯤

   에서 5분가량 굽는다.

   오븐에 들어갔다 나온 골로세토는 치즈가 녹아서 먹기에 알맞으면 된다. 나무 접시에 장식을 하고 검은

   색 후추를 접시 가장자리에 두른다. 이 골로세또는 손이 조금 가기는 하지만 맛도 좋고 영양도 만점이

   다. 레스토랑 손님들이 많이 찾던 전채 요리다.

내가 자주 해 먹던 브루스케타.
골로세토.

농촌식 닭과 토끼 오븐 구이

움브로나(움브리아 지역 사람들), 피오렌티노(피렌체 지역 사람들)를 위시하여 이탈리아 사람들은 토끼 요리를 즐긴다. 그런 그들이 내게는 야만인 같았다. 어떻게 귀여운 토끼를 먹을 수 있냐고 따지면 그들은 되물었다. 너희는 개고기를 먹지 않느냐, 그런데 개는 토끼와는 엄연히 다르다고, 토끼는 말을 알아듣지 못하지만 개는 말을 알아듣는다는 것이었다. 이것이 그들이 동물이 식용인지 아닌지를 가늠하는 기준이란다. 이밖에도 그들은 사슴, 멧돼지, 타조, 비둘기 등 다양한 종류의 고기 요리를 먹는다.

나는 셰프가 되기에는 약간의 결함이 있다. 불고기나 바베큐, 스테이크를 먹기는 하지만 그리 즐기는 편이 아니다. 생고기를 보면 현기증이 나곤 한다. 그것은 어릴 적 경험 때문이다. 어렸을 때 자주 시골 외갓집으로 놀러 가서 송아지들과 놀았다. 그때부터 소는 내 좋은 친구였다. 친구를 먹다니 아니 될 말씀이겠기에, 어려서는 집에서 해 주는 고기 음식을 나만 잘 먹지 않았다. 어른이 된 뒤에는 즐기지는 않지만 먹기는 한다. 지금도 푸줏간 앞을 지날 때면 형광등 불빛을 받으며 진열된 뻘건 고기를 보면 측은한 마음이 절로 든다.

닭 오븐 구이

음식을 만들 때 쓰는 조리용 포도주.

그런데 모든 식재료를 만질 줄 알아야 하는 셰프가 꺼리는 게 있어도 괜찮을까. 고기 요리가 많은 이탈리아 레스토랑에서 피가 홍건한 고기를 다룰 때마다 이런 딜레마에 빠졌다. 하지만 어쩔 수 없어서 애써 참으며 요리를 했다. 그러던 어느 날 내장을 비운 시뻘건 토끼 한 마리를 통째로 나에게 던져 주는 것이었다. 어찌나 질겁했던지. 어쩔 수 없이 다른 셰프들에게 내 사정을 실토했더니, 자주 다루다 보면 익숙해진다며 위로 아닌 위로를 해 주었다. 과연 습관이라는 것이 무섭긴 무서웠다. 자주 되풀이해서 다루다 보니 즐겨 하지 않을 뿐이지, 차츰 감정이 무디어졌다. 그래도 여전히 썩 유쾌하지는 않지만.

토끼고기 맛은 닭고기와 돼지고기의 중간쯤으로 꽤 부드러운 돼지고기 같은 느낌이었다. 선입견이 있었지만 먹어 보니 맛은 괜찮았다. 농촌식 토끼와 닭 오븐 요리는 레스토랑에서 인기가 높았다. 지금까지 먹어 보지 못하던 맛이었다. 사람들이 자주 찾아서 농촌식 토끼와 닭 오븐 요리를 일주일에 두서너 번은 만들었다.

오븐 요리의 특성은 고기가 아주 부드러워진다는 것이다. 그렇다고 간단한 재료를 오븐에 사십여 분쯤 돌린다고 해서 무조건 다 맛있는 것은 물론 아니다.

닭 오븐 구이.

셰프의 손에 따라 달라지는 양념의 오묘한 조화가 맛을 결정짓는다.

나는 어느새 귀여운 토끼 친구는 까맣게 잊어버렸다. 토끼고기라니, 하며 불쌍해하던 것도 잊고, 연신 "맛있네, 맛있어!"라고 감탄하며 잘도 먹었다. 고기 노린내도 나지 않고, 무척 담백하고 부드러웠다. 이런 내 모습을 보고는 친구들이 한마디씩 했다. "토끼 친구 안 먹는다며…."

개고기를 혐오식품이라 여기며 개고기를 먹는 사람을 야만인이라고 비난하는 사람들에게도 개고기를 이런 식으로 요리해 주면 맛있게 먹을 것 같았다. 유럽에 가서 가장 많이 들은 말 가운데 하나가 "한국 사람들은 개고기를 먹는다며!"였다. 인간은 잡식성이니 무엇이든지 먹을 수 있지 않은가. 우리가 먹지 않는 음식을 다른 나라 사람들은 먹는다고 해서 그들을 야만인이라고 규정하는 것은 좁은 소견의 아집일 뿐이다. 그 나라 토양에서 생산된 것들로 저마다 그들의 고유한 음식을 터득하고 개발해 감으로써 그 나라의 요리 문화는 자연스럽게 발전한다. 그러므로 이제 나는 토끼고기를 먹는다.

꽃을 피운 로즈마리.
다양한 종류의 허브 병.

폴로 에 코닐리오 알라 콘타디나 pollo e coniglio alla contadina (농촌식 닭과 토끼 요리)

재료 토끼고기와 닭고기 토막 낸 것, 소금, 통후추, 화이트 와인, 지네브로(후추와 비슷한 향신료)

살비아, 로즈마리, 올리브 기름, 물, 통마늘 서너 개, 검정 올리브

1. 넓은 오븐용 그릇을 준비한다. 닭과 토끼는 보기 좋고 먹기 좋게 토막을 낸다.

2. 토끼와 닭을 넓은 오븐용 그릇에 넣고 살비아, 로즈마리, 지네브로, 소금, 후추를 뿌린다. 그리고 검정 올리브도 적당히 얹고, 그 위에 화이트 와인 한 병을 사정없이 골고루 뿌려준다. 그런 다음 그만큼 많은 양의 올리브 기름을 넣는다.

3. 마지막으로 통마늘 서너 개를 슬쩍 으깨서 골고루 얹는다. 재료들이 잠길 정도로 물을 넣은 뒤 호일을 두르고 오븐에 넣는다. 180도에서 40분에서 50분가량 굽는다.

올리브 오일을 충분히 넣는다.
포도주 한 병을 다 쏟아붓는다.
오븐에서 나온 닭요리.

드디어 만났구나, 알리오네

언젠가 텔레비전에서 "파스타"란 드라마를 방영한 뒤로 "알리오 올리오 aglio olio"가 모르는 사람이 없을 정도로 유명해졌다. "알리오 올리오" 파스타는 이탈리아에서 대중적이긴 하나 모두가 다 그리 좋아하는 것은 아니다. 마늘(알리오aglio)이라면 질색하는 친구들도 있고, 한국 사람인 나 못지않게 올리브 기름에 굵은 통마늘을 넣어서 굽는 냄새를 좋아하는 사람도 있다. 내 어릴 적 친구인 친지아는 세상에서 가장 좋은 냄새가 올리브 오일에 마늘을 굽는 냄새라고 말한다. 그의 엄마는 요리사다.

유럽에서는 이탈리아 사람들이 마늘을 많이 먹는 편이다. 그래서 성격이 다혈질인 한국 사람과 비슷한가 싶기도 하다. 라 브리촐라 레스토랑에서는 거의 모든 종류의 파스타에 잘게 썬 마늘을 넣었다. 그런가 하면 산 로렌초는 양파를 모든 음식에 넣었다.

이탈리아의 마늘과 우리나라의 마늘 맛이 달라서 낭패를 본 경우가 있었다. 서울로 돌아온 뒤 식구들에게 마늘 브루스케타를 해 주고 얼굴 표정을 살폈다. 맛있어서 감격할 줄 알았는데 모두가 어째 표정이 좋지가 않았다. 마늘맛이 너무 아려서 못 먹겠다는 것이었다. 이게 무슨 소린가. 먹어 보니 정말로 아렸다. 이탈리아의 마늘은 크고 향이 몹시 달았는데….

라 브리촐라에서 하던 것과 똑같은 방법으로 했는데, 이탈리아에서는 우리의 마늘과 비교할 수가 없어서 잘 몰랐다. 한국에 와서 우리 마늘을 써 보니 맛이 몹시 독했다. 그래서 마늘 브루스케타를 할 때 이탈리아에서는 세 줄로 힘차게 긁던 것을, 한국에서는 소극적으로 두 줄만 약하게 긁고 올리브 기름을 뿌려서 식구들에게 내놓았다. 그랬더니 맛있게들 먹었다.

알리오 올리오는 아주 간단한 이탈리아 파스타다. 조리법이라고 할 것도 없을 만큼 너무 간단한 나머지 셰프들 사이에서도 만드는 법이 분분했다. 팬에 올리브 기름을 두른 뒤, 프레제몰로를 넣고 나서 통마늘을 넣어 마늘 향만 살짝 내고 마늘은 빼라는 이가 있는가 하면, 마늘을 깍둑썰기로 썰어서 팬에 넣어 마늘 향과 함께 마늘을 그대로 두고 거기에 프레제몰로를 넣으라는 이도 있었다. 또 어떤 셰프는 마늘 향을 낸 뒤에 올리브 기름으로만 맛을 내고 아무것도 넣지 않는 비안코bianco(흰빛 파스타)야말로 진정한 알리오 올리오라고 말한다. 이렇게 저마다 자기 방식이 옳다며 다들 목청을 높였다.

라 브리촐라에서는 팬에 올리브 기름을 두르고 통마늘을 으깨서 넣고 소금

파스타를 삶을 물이 끓고 있다.
파스타를 삶는 모습.

을 뿌린 뒤에 어느 정도 마늘 향이 나면 마늘을 빼고 프레제몰로를 듬뿍 넣어 알리오 올리오를 만든다. 신선하고 갓 짜낸 올리브 기름만으로 맛을 낸, 담백한 맛이 일품이다.

알리오네aglione는 알리오 올리오와는 조금 다르다. 이탈리아 사람들도 겨울에는 마늘과 고춧가루가 들어가는 음식으로 몸에 열을 내어서 추위를 이긴다. 그래서 알리오네는 주로 겨울에 많이 찾는 메뉴다.

팬에 올리브 기름을 두르고, 통마늘 두세 개를 으깨서 넣고 매운 고추 두 개를 넣고 향을 내다가 토마토 소스를 넣는다. 물론 여기에 들어가는 으깬 통마늘도 향만 낸 뒤에 빼낸다. 이탈리아에서 매운 맛 파스타는 거의 먹어 본 경험이 없는데, 고춧가루와 마늘이 상승효과를 낸 알리오네와 아마트리치아나는 예외였다. 그래도 우리의 매운맛에 비할까. 여기에 링귀네linguine(제노바에서 기원한, 납작하고 스파게티 면보다 조금 넓은 형태의 파스타 면) 또는 피치 같은 두꺼운 면을 같이 넣고 비빈 뒤 파르마 산 치즈를 듬뿍 뿌려서 와인을 곁들여 먹으면 추운 겨울을 거뜬히 이겨 낼 수 있다.

프레제몰로와 마늘.
알리오네.

참고로 몬테풀치아노에는 명성이 높은 많은 종류의 와인이 있지만, 메뉴판에 나와 있는 하우스 와인(보통 한 병에 8유로)도 충분히 훌륭하다. 알리오네도 한 접시에 8유로쯤이니, 비싸지 않은 가격으로 추운 겨울에 든든하게 한 끼를 해결할 수 있다.

레스토랑에서 일하는 즐거움 중의 하나가, 남들은 돈 내고 비싼 음식을 사 먹는데 나는 내 맘대로 먹고 싶은 메뉴를 공짜로 다 먹을 수 있다는 것이었다. 이곳에서 일하는 동안 비록 고된 노동으로 힘들었지만 물가 비싼 유럽에서 먹는 공짜 밥으로 포동포동 살이 올랐다.

알리오 올리오aglio olio

재료 통마늘, 파스타, 소금 또는 프레제몰로, 올리브 기름

1. 팬에 올리브 기름을 두르고 통마늘을 넣고 으깨어서 향을 낸다. 마늘을 뺀 뒤 삶은 면을 비빈다.

통마늘을 올리브 기름에 볶는다.
프레제몰로와 면을 넣고 비빈다.
완성된 알리오 올리오.

알리오네aglione

재료 마늘, 매운 고추, 통마늘, 올리브 기름

1. 팬에 올리브 기름을 두르고 으깬 통마늘과 매운 고추 2개로 향을 낸 뒤 토마토 소스를 넣고 삶은 면을
   함께 비빈다. 이탈리아에서는 통마늘과 매운 고추를 토마토 소스를 넣기 전에 빼낸다.

이탈리아의 돌체

이탈리아는 돌체dolce의 나라다. 나는 이탈리아 음식 가운데에서 가장 맛있는 것 세 가지를 꼽으라고 하면 주저 없이 파스타, 피자, 돌체를 꼽는다. 돌체는 "달콤한, 부드러운, 상냥한" 그리고 "달콤한 과자, 단 것"을 뜻하는 이탈리아 말로, 음식과 관련해서는 디저트로 먹는 달콤한 과자와 케이크 종류를 가리킨다.

이탈리아 남자가 당신에게 "세이 몰토 돌체Sei molto dolce(너는 아주 사랑스러워)"라고 말한다고 해서 그 말을 액면 그대로 다 믿으면 안 된다. 별 의미 없이 하는 말이기 십상이기 때문이다. 그들은 또 "세이 벨라Sei bella(너 정말 아름다워)"란 말도 늘 입에 달고 산다. 이런 표현은 그들의 언어 습관일 뿐이다. 처음 이탈리아에 갔을 때 이런 표현을 자주 들어 한동안 착각 아닌 착각에 빠지기도 했다. 시간이 얼마쯤 나서야, 별다른 뜻 없이 쓰는 말 습관인 걸 알게 되었다. 이탈리아 사람들이 수시로 연발하는 맘마미아Mamma mia(어머나!), 마돈나Madonna(원 뜻은 "성모 마리아"인데, "오 신이시여!"라는 감탄사로 쓴다), 산토Santo("성인"이란 뜻인데, "오 신이시여!"라는 감탄사로 쓴다) 같은 감탄사들과 같은 말이었다. 그래도 "돌체"란 말은 언제 들어도 기분이 좋았다.

갖가지 종류의 돌체.

이탈리아의 돌체에 눈을 뜬 것은 내게는 마치 신세계를 경험한 것과도 같았다. 단 것을 워낙 좋아하는 나는 그것들을 보기만 해도 행복했다. 레스토랑에서 일하는 동안 자주 돌체를 만들었다. 산 로렌초는 정통 돌체를 많이 만들었고, 라 브리촐라는 주로 라 토르타la torta라고 하는 케이크 종류를 많이 만들었다. 그러나 주로 전문 제과점인 파스티체리아pasticceria에서 우리 레스토랑 것만을 특별 주문으로 맞추어 쓰는 경우가 많았다.

이탈리아는 지역마다 돌체가 참으로 다양하다. 그중에서도 시칠리아에서 먹었던 칸놀로il cannolo와 풀리아 주에서 부활절 때 먹던 말발굽 모양의 참벨라la ciambella는 잊지 못할 돌체에 든다. 이탈리아에는 술집 만큼이나 파스티체리아가 많다. 먹고 싶은 돌체를 주문해서 카페 한 잔과 함께 노천에서 햇빛을 쬐며 즐기는 것은 더없는 행복이었다.

몇 백 년이 넘는 파스티체리아 앞에는 사람들이 장사진을 쳤다. 노천 테라스는 돌체와 카페를 마시는 사람들로 붐비고, 한쪽에서는 돌체를 사 가려는 사람들이 줄을 서서 기다리곤 했다. 나도 창 밖에서 들여다보다가 결국은 늘 유혹을 이기 못해 들어가서 몇 개씩 주문해서 먹곤 했다. 또 모양이 예쁜 것들은 열심히 사진으로 담았다. 시에스타에 걸려 문이 닫혀 있으면 닫힌 창문 틈으로 구경하기 일쑤였다.

가정식 키라미수.
라 토르타.

이탈리아에서는 친구 집에 초대를 받으면 모두가 탄성을 지를 만한 큼직한 돌체나 포도주를 한 손에 들고 가는 것이 예의다. 그럴 때면 평상시에는 혼자라서 먹어 보기 힘든 큰 돌체를 다 같이 먹어 볼 수 있어 좋다.

라 브리촐라에서 자주 만들던 돌체 가운데 칸투치cantucci(아몬드가 쏙쏙 박힌 과자)라는 것이 있다. 와인과 함께 먹어야 제맛인 칸투치는 무엇보다도 만들기가 쉽다.

칸투치는 오븐에서 꺼내자마자 따뜻할 때 잘라야 한다. 식은 뒤에는 단단하게 굳어 버려서 자르기가 힘들기 때문이다. 셰프들은 모두 둘러서서 갓 구워 낸 따끈한 칸투치를 빈 산토vin santo(디저트와 함께 마시는 달달한 와인) 한 잔과 함께 마시곤 했다. 빈속에 찌르르 내려가는 와인과 갓 구운 달콤한 칸투치를 먹으면 기분이 절로 좋아졌다. 셰프들만이 누리는 즐거움이었다.

칸투치는 차가워도 아삭한 맛이 일품이다. 차갑게 식힌 칸투치는 유리병에 담은 뒤 뚜껑을 밀폐해서 상온에서 두면 이삼 주일이 넘게 보관할 수 있다. 그렇지만 내겐 칸투치는 뜨거울 때가 제맛이었다. 따끈한 칸투치를 한 입 먹으면 그 달콤함으로 내 몸이 설탕이 되는 듯했다. 밀가루와 같은 양의 설탕이 들어간 맛을 생각해 보라.

바쁜 레스토랑에서 잠깐의 자투리 시간에 달콤하게 돌체와 와인 한 잔씩 마시고 다들 신나게 떠들어 댔다. 그러지 않으면 이탈리아 사람이 아니지. 덤으로 에스프레소도 한 잔 마시고 우리는 아침 손님 받을 준비를 했다. 달달한 과자에 와인 한 잔, 그리고 에스프레소 한 잔, 이것으로 몸은 일할 준비가 되었다. 적당한 알콜에 카페인이 몸에 들어갔으니 더 무엇이 더 필요하겠는가.

칸투치 cantucci

재료 밀가루, 설탕, 계란, 이스트, 바닐라향 가루, 버터, 아몬드

1. 밀가루와 설탕 각 1킬로그램, 계란 8개, 버터 250그램, 가루 이스트 2봉지, 바닐라향 가루 1봉지, 아몬드 적당량이 필요하다.

2. 바닥에 가루들을 먼저 섞어 놓는다. 밀가루, 설탕, 이스트 가루, 바닐라향 가루까지 섞어서 오목하게 해 놓은 뒤 계란 8개를 넣고, 버터는 녹여서 액체 상태로 만든 뒤 함께 섞는다.

3. 어느 정도 반죽이 되직해지면 동그랗게 만들어 아몬드를 쏟아서 함께 반죽한다.

4. 동그란 모양의 반죽을 길게 뱀 모양으로 만들어 놓고, 계란 노른자를 풀어서 솔로 골고루 앞면에 발라 준다. 예열된 오븐 170도에서 40분쯤 굽는다.

아몬드와 반죽.
반죽을 길게 말아 준다.
겉면에 계란 노른자를 바른다.
갓 구워 낸 칸투치.
뜨거울 때 자른다.

토스카나 연정

이탈리아에서 보조 셰프로 일하는 동안 나에게도 잠깐이었지만 달달한 사랑이 찾아왔다. 사람들한테 사랑은 어떤 의미일까. 처음으로 사랑을 했던 이십대 초반의 기억을 더듬어 본다. 풋풋하던 이십대에는 사랑에 미숙했다. 그러나 순수했기에 아름다웠다.

나는 청춘 남녀의 아름다운 연애 뒤에 찾아올 현실적인 삶의 무게에 대해 두려움을 갖고 있었다. 일찍 결혼해서 생활인이 되는 데에 인생을 저당 잡히고 싶지 않아서, 삶의 가치를 여러 군데 분산시키며 살았다. 연애 감정에 휩쓸려 남녀상열지사에만 빠져 있는 젊음을 경멸하기까지 했다. 적어도 젊은 시절의 내게는 "남자와 여자" 말고도 세상에 즐거운 게 많았다. 온통 다른 것에 정신이 팔려 살다 보니 나도 모르게 시간이 마구 흘러 버렸다. 사람들은 마흔 나이가 되도록 싱글이라고 하면 무슨 사연이 있거나 상처가 있을 거라고 생각한다. 차라리 사랑의 상처라도 있으면 할 말이라도 있겠다 싶다. 요즘 우리나라에서는 연애에 소극적인 이른바 "초식녀"가 트렌드라고 하는데, 그러고 보면 나는 이십 년 전부터 그런 기질이 있었으니 그저 좀 앞서 나간 "초식 노처녀"인 셈이다. 그러나 그런 나도 일면 로맨티스트이기도 하다.

페루자에서 산 로렌초 식당을 그만두고 조금 여유로울 때, 우연히 들른 어느 비네리아vineria(와인 바)에서 유리를 만났다. 그곳은 유리가 운영하는 곳이었다. 나는 시모네와 결별한 뒤 다른 레스토랑을 찾고 있었고, 몬테풀치아노가 고향인 유리는 그곳 포도밭 근처에 있는 집에서 일터가 있는 페루자로 날마다 통근을 할 때였다. 때마침 나는 더러 몬테풀치아노에 가야 할 일이 있어서, 그의 자동차를 얻어 타고 그림 같은 토스카나 구릉 자락을 같이 오가곤 했다. 사람들은 유학 등으로 외국 살이를 하는 이들은 연애나 사랑에 몹시 관대하고 자유롭다고 생각한다. 그런 생각은 영화나 드라마가 빚은 오해인 듯하다. 사랑을 잘하는 사람은 어디에서든 잘하는 법, 꼭 먼 타국이라서 사랑을 잘하는 것은 아니다. 만일 누군가 어딘가로 떠나간 곳에서 "사랑"을 만났다면 그는 이미 사랑을 할 준비가 되어 있었을 것이다. 현실에서는 집과 학교, 집과 직장만 오갔던 나처럼 실속 없는 낭만주의자들이 훨씬 많다. 진짜 사랑을 만나는 것은 인생에서 드물고도 크나큰 행운임을.

나는 이탈리아 남자들이 잘 생긴 것에는 동의를 하지만 그들의 잘생긴 얼굴이 마음에 들지는 않았다. 그들은 잘생긴 얼굴만큼 말도 알미울 만큼 달콤하게 잘했다. 그런 기질이 진실되어 보이지 않아서인지, 같이 있기에는 즐겁지만 연애 감정까지 일어나기는 쉽지 않았다. 그런데 유리는 달랐다. 일찍이 본 적 없는 매우 진지한 이탈리아 남자였다. 토스카나에 포도밭과 올리브 농장을 갖고 있고, 오토바이 프로 선수이기도 했다.

나 혼자 몬테풀치아노에 가는 날에는 기차를 타야 했다. 자동차로는 한 시간 거리인데, 기차와 버스를 갈아타면 세 시간이 넘게 걸렸다. 내가 혼자 몬테풀치아노에 가는 날이면 기차를 바꿔 타는 시간에 유리는 말도 없이 마중

노천 카페에서 음식을 즐기는 사람들.

을 나와서 나를 기다리곤 했다. 생각지도 않은 그의 마중은 아름다운 가을 날씨처럼 나를 기쁘게 했다. 여러 달을 그렇게 그는 나에게 조용한 믿음을 보여주었다.

번번이 나를 기다리고 있는 그에게 입으로는 나오지 말라고는 했지만, 언제부터인가 그가 기차역에 나와 있으면 내 마음은 더없이 즐거워했다. 그의 자동차로 가는 동안 장난도 치고 시끄러운 이탈리아 라디오만큼 큰 소리로 이야기를 나누며 포도 향기 가득한 들판을 가로질러 달리곤 했다. 그렇게 우리는 천천히 친구가 되었다.

시간이 흘러 나는 몬테풀치아노로 완전히 터전을 옮겼다. 이곳에서도 유리와 나는 페루자에서처럼 아이스크림을 먹으며 길거리를 걷고 카페를 다녔다. 그런데 이곳은 유리의 고향이 아닌가. 우리가 거리를 다닐 때마다 사람들은 그에게 내가 여자 친구냐고 묻곤 했다. 가구 수가 적고, 외국인이 거의 없는 몬테풀치아노, 유리와 나는 함께 다니기가 불편해질 정도로 사람들은 우리를 연인으로 단정지었다. 게다가 자주 만나는 그의 친구들과 가족까지도 우리를 연인으로 여기게 되니, 나와 유리 사이는 오히려 점점 어색해져 갔다.

그런 가운데에서도 나는 낯설고 아무도 모르는 이곳에서 그에 대한 좋은 평을 고향 사람들에게서 들을 때마다 유리에 대한 신뢰가 쌓이기 시작했다. 유리는 나이에 걸맞게 사랑의 감정과 따뜻함이 무엇인지 알게 해 주었다. 누군가를 쉽게 좋아하지 못하는 내 성격은 여전했지만, 나는 그에게 천천히 마음의 문을 열었다. 아무튼, 어느 날, 친구들과 와인을 마시며 즐겁게 시간을 보내던 날, 그날따라 친구들의 짓궂은 장난으로 유리와 나는 어색한 마음을 조금 누그러뜨리고 제법 가까워졌다. 달빛 밝은 밤, 자그마한 내 집 앞은 가로등이 빛나고 우리는 아주 달콤한 인사를 나누고 헤어졌다.

그 뒤로 유리는 종종 손님이 되어서 라 브리촐라로 놀러왔다. 나는 알프레도의 배려로 셰프복을 입은 채 유리에게 직접 음식을 갖다 주기도 했다. 그는 셰프복을 입은 나를 재밌게 바라보았고, 나는 일터로 찾아온 그가 가족처럼 든든했다. 우리는 시간이 나면 만나서 뜨거운 커피를 마시고, 산책도 하고, 때론 그의 오토바이를 타고 토스카나의 구릉들을 돌아다녔다. 또 맛있는 레스토랑들을 돌며 토스카나의 음식을 함께 즐겼다. 더러 인품 좋은 그의 토스카니 친구들과 함께 와인을 마시기도 했다. 이탈리아 한복판에서 따뜻한 사람들과의 만남은 천군만마를 얻은 듯했다.

곧 크리스마스가 되었으나 나와 유리는 서로 바빴다. 레스토랑과 비네리아는 연말이면 다른 어느 때보다도 바쁘다. 만날 시간이 거의 없었다. 그는 페루자에서 늦게 끝났고, 나는 그의 고향에서 밤늦도록 일하고 있었다. 휴일도 서로 달라서 만나기 힘들었다. 하지만 잠시라도 틈이 나면 만났다. 내가 고단한 이국에서의 셰프 생활을 이야기하면 그는 어른스런 미소로 나를 위로해 주었다. 밖에는 조용한 크리스마스 캐롤이 울리고 이탈리아의 크리스마스 불빛은 무척이나 아름다웠다.

그러나 어렵사리 나한테 찾아온 이런 아름다운 사랑을 가로막는 것이 있었다. 젊어서는 우리와 다른 서양의 문화가 단지 다르다는 이유로 좋아 보였는데, 나이가 든 까닭인지, 이제는 더는 편하게 느껴지지 않았다. 유리 엄마가 해 주는 맛있는 토스카나 음식보다 우리 엄마의 김치찌개가 더 그리워졌다. 식탁에 앉아 이탈리아 말을 어눌하게 하는 나를 어여쁘게 봐 주는 좋은 사람들 속에서 나는 내가 이방인이라는 사실을 더더욱 실감했다. 그전까지는 전혀 느끼지 못하던 감정이었다.

도대체 왜 또 이런 훼방꾼 같은 감정이 일어나는지. 이제 사랑을 만나 한

남자에게 정착을 해도 될 텐데···. 더구나 이탈리아를 제2의 고향쯤으로 생각하던 내가 말이다. 나이가 들어 귀소 본능이 생긴 것이었을까? 게다가 하루 종일 치즈와 생크림 등 토스카나의 음식을 굽고 만들다 보니, 더욱 더 된장찌개가 그리워졌다. 하루에 한 번쯤은 우리말로 실컷 떠들고 싶기도 했다. 치즈 범벅인 음식과 말에서 오는 스트레스가 갈수록 커져만 갔다. 그럴 때마다, 하루에 한 번쯤은 우리말이 듣고 싶어 한국 드라마를 열심히 봤다. 그런 속도 모르고, 동료 셰프들은 내가 이탈리아 말도 잘하고 아쉬 울 것이 없으니 그곳에서 살라고 권유하곤 했다. 하지만 한국의 가족이 그리웠다. 만일 이십 대였다면 나는 다른 선택을 했을지도 모른다. 그러나 아이러니하게도 나는 이탈리아 한복판에서 한국 토박이임을 뼈저리게 느끼고 있었다. 젠장, 나는 여전히 초식녀였다.

때마침 이탈리아 북부인 밀라노로 쉬러 가게 되어, 중부 지역에서 떠날 수 없는 유리에게 작별 인사를 했다. 그는 나의 외로움을 이해한다고 했다. 그리고 언제든 돌아오고 싶을 때 오라면서 나를 기다리겠노라고 했다. 유리는 자기 심장을 가리키며 "네가 여기에 있다"고 했다. 이런 말은 이탈리아 남자이기에 가능하다. 나는 삼 년 뒤에도 유리가 싱글이면 다시 생각해 보겠노라며 웃었다. 이 낯선 곳에서 함께해 준 유리가 정말로 고마웠다

짧은 만남이었지만 유리는 이탈리아를 떠올리면 스며드는 포도 향기처럼 추억의 한 자락이 되었다.

우거지국 같은 토스카나의 명물 리볼리타

　내가 비교적 일할 곳을 쉽게 구하게 된 것은 알 수 없는 "행운"이고, "기적 같은 일"이었다. 산 로렌초 일을 그만둔 뒤에 페루자에서 와인바를 하는 토스카나 친구 유리의 적극적인 추천으로 라 브리촐라 레스토랑에서 일하게 되었다. 유리는 내가 이 먼 나라에 와서 이탈리아 음식을 배우고 있다고 하니, 그럼 "죽기 전에 꼭 토스카나의 음식을 배워야 한다"며 강력하게 내 손을 잡아끌고 몬테풀치아노에 불시착시켰다.

　대부분의 레스토랑들은 요리 견습생들을 받기를 꺼린다. 그래서 이탈리아 본국 사람들도 스테이지 할 곳을 찾기가 힘들다. 이미 레스토랑에는 셰프와 보조 셰프들이 있기 때문에 아무것도 모르는 견습생들을 가르치는, 결코 만만하지 않은 일을 꺼리는 것이다. 게다가 견습이 끝나고 학생들이 그 레스토랑에 남는 것도 아니기 때문에 더더욱 데리고 있을 필요가 없다.
　나는 라 브리촐라의 주인인 알프레도 아저씨를 처음 만났을 때, 십오 년 동안 사진 찍는 일을 했고, 이미 한 군데 레스토랑에서 스테이지를 하고 왔다고 얘기를 했다. 그리고 언젠가 한국으로 돌아가서 내 작은 레스토랑을 꾸릴 계획이라고 말했다. 그는 알았다고 그저 고개를 끄덕이며 웃었다. 그러더니 셰프들에게 작은 소리로 뭐라고 얘기를 하였다. 셰프들에게 나중에 알프레도가 나에 대해서 무슨 말을 했냐고 물었더니, "네가 배우고 싶어하는 의지가 강하고 이탈리아 말을 꽤 잘해서 처음으로 스테이지를 허락한다"고 했단다. 참으로 감사했다. 이 레스토랑에서 처음으로 요리 견습생으로 일하게 된 것에 영광을 느끼며, 처음인 만큼 그들을 실망시키고 싶지 않았다. 행여, 다음에 오게 될 다른 견습생을 위해서도….

　　라 브리촐라 식구들은 내가 있는 동안에 레스토랑 메뉴판을 주며, 음식을 만들 때마다 진심으로 열심히 가르쳐 주었다. 대부분의 레스토랑에서는 그들의 레시피를 공개하는 것을 꺼린다. 어느 날 셰프 사비나에게 왜 레스토랑의 모든 레시피를 나에게 공개하느냐, 알프레도 주인 아저씨의 지시가 있어서 그러느냐고 물었다. 한국에서는 "이 맛은 며느리도 몰라" 하며 어떤 할머니도 레시피를 공개하지 않고 혼자만 알고 있다고 했다. 그러자 사비나가 크게 웃었다. 사비나는 말했다. "레시피는 레시피일 뿐이다. 세상에는 요리책도 많고 소문난 셰프도 많은데 우리 레시피를 공개한다고 해서 그 음식이 다 같아지리란 법이 없다. 음식은 하는 사람의 손에 따라서, 재료에 따라서, 물에 따라서 다 달라진다. 그러니 굳이 비밀로 할 이유가 없지."
　　한 달쯤 지난 어느 날, 사비나 셰프가 나에게 사진과 요리 중 어떤 일이 더 어렵냐고 물었다. 나는 곧바로 대답했다. "레스토랑 일이 더 힘들다. 사진도 물론 힘든 일이지만, 오래도록 해 온 일인데다가, 힘들어도 내가 짊어지고 갈 일인 만큼 어디가 부족하며 무엇이 잘못되었고 무엇이 아름다운지 알 수 있었다. 하지만 음식은 날마다 먹는 것이어서 언뜻 보기엔 쉬운 듯하시만 우리가 모르는 과학이 담겨 있는 것 같아서 어렵다." 그러자, 사비나가 "요리도 어렵지 않다. 연습하고 계속 하다 보면 솜씨는 저절로 는다. 베로니카는 재능이 보인다"며 용기를 북돋아 주었다. 요리가 힘들기는 하지만 나는 음식을 만드는 일이 무척 재미있고, 미적으로 완성된 접시를 보면 행복하다고 했다.

카볼로 네로

토스카나의 명물 음식이기도 하고, 유리가 내 손을 잡아 끌고 와서 꼭 배워야 한다고 한 리볼리타ribollita를 하는 날이었다. 양배추와는 조금 다른 카볼로 네로cavolo nero(검은색 양배추)라는, 토스카나에서만 재배되는 야채를 듬뿍 넣어 오랜 시간 불 위에서 끓이는 추파(수프)다. 이 리볼리타는 앞에서도 말했지만, 귀족들이 먹다 남은 음식을 모아서 하인들이 만들어 먹었다는 데서 유래한 음식이다. 우거지국 같은 리볼리타를 나는 아주 좋아한다. 처음으로 리볼리타를 먹었을 때, 이탈리아 땅에서 비로소 마음 붙이며 먹을 수 있는 음식을 찾은 것 같아 행복했다. 굳이 라면을 찾지 않아도 될 만큼, 한국인인 내 입을 충족시켜 주었다. 알프레도 아저씨와 나는 리볼리타에 고춧가루를 잔뜩 넣고 후룩후룩 떠먹었다.

사비나는 노트를 갖고 와서 불러주는 대로 레시피를 적으라고 했다. 열심히 받아 적었다. 토스카나의 명물인 리볼리타는 겨울 음식에 속한다. 추운 겨울과 더운 여름 음식이 서로 다른 것은 이곳도 매한가지였다. 추파는 겨울에 아주 뜨겁게 끓여서 그릴에 구운 빵을 넣어 걸쭉하게 먹는 수프다. 생각 같아서는 밥을 말아 먹고 싶었다. 내내 참다가 "밥이 필요해" 하고 외치니 모두 웃는다. 만일 토스카나 지방으로 여행을 가면 몬테풀치아노의 라 브리촐라에 가서 이탈리아식 우거지국 리볼리타를 꼭 드시라고 강력히 추천한다. .

리볼리타 la ribollita

재료 감자, 샐러리, 근대, 홍당무, 양파, 생토마토, 호박, 컬리플라워(꽃양배추), 브로콜리

카볼로 네로, 토마토 농축액, 올리브 기름, 완두콩, 그 밖의 좋아하는 야채

1. 리볼리타에는 많은 양의 야채가 들어간다. 감자, 샐러리, 근대, 토마토, 홍당무, 양파, 바실리코 등, 일
   단 신선한 재료를 올리브 기름을 듬뿍 두르고 볶는다. 소금과 후추로 맛을 낸다.

2. 어느 정도 볶으면 냉동 야채, 호박, 완두콩, 감자, 컬리플라워 등을 넣고 다시 볶는다. 가장 중요한 재
   료인 카볼로 네로를 많이 잘라 넣는다. 그 위에 물을 많이 붓고 토마토 농축액 두서너 스푼을 넣고 3시
   간 이상 약한 불에서 뭉근하게 끓이는데, 마지막에 빵을 넣고 마저 끓여 걸쭉하게 먹는다.

   중요한 것은, 라 브리촐라를 비롯해 토스카나 지역의 레스토랑들은 대부분 화산재 그릴을 사용한다는
   점이다. 불은 음식의 맛을 좌우하는 데 가장 중요한 일등공신이다.

3. 리볼리타 요리를 주문하면 토스카나의 거친 빵을 구워서 넣은 뒤 불 위에서 걸쭉하게 될 때까지 끓인다.

갖은 채소를 볶는다.
물과 토마토 농축액을 넣고 약한 불에 뭉근하게 끓인다가
도중에 빵을 넣는다.
빵을 집어넣은 뒤에 국물이 걸쭉해질 때까지 더 끓인다.
완성된 리볼리타.

라면만큼 요리법이 다양한 카르보나라

레스토랑 메뉴에는 거의 없지만 분명 카르보나라는 모든 이탈리아 사람들이 사랑하는 음식이다. 우리나라에서 김치찌개가 그렇듯이, 카르보나라는 변함 없는 이탈리아의 대표 음식이다.

카르보나라carbonara 단어를 검색해 보니 석탄재, 목탄(carbone) 같은 뜻이 나온다. 석탄을 캐던 광부들이 소금에 절인 고기(삼겹살)와 달걀만으로 음식을 먹다가 몸에 붙어 있던 석탄가루가 음식에 떨어지는 것에 착안하여 후춧가루를 많이 뿌려서 먹게 되었다는 "설"이 있다. 친구들에게서도, 셰프들에게서도 이 유래를 자주 듣곤 했다.

카르보나라 또한 내가 좋아하는 이탈리아 파스타 가운데 하나다. 따라서 아마도 내 레스토랑에서는 카르보나라가 가장 맛있는 음식 축에 들 것이다. 손님들은 잘 모를 테지만, 일반적으로 셰프가 좋아하는 음식이 그 레스토랑에서 가장 맛있는 음식이기가 쉽다. 오십여 가지 메뉴 중에서 셰프들이 특히 좋아하는 음식도 있듯이, 거꾸로 셰프들이 어쩔 수 없이 만들긴 하지만 싫어하는 음식도 있다. 내가 고기 만지는 것을 꺼려하듯, 사비나가 트리파trippa(양곱창)를 싫어하듯, 다니엘레가 리볼리타에 빵을 넣어 걸쭉하게 먹는 걸 싫어하듯이.

아늑한 분위기의 라 브리촐라 홀 한쪽에 있는 손님 테이블.

포도주 코르크 마개.
시비나 셰프.

카르보나라는 만드는 방법이 몹시 간단하지만 나름대로 예민한 음식이다.
파스타와 계란의 양이 잘 맞아야 한다. 너무 질거나 너무 빡빡하면 안 된다.
대체로 한 사람 기준의 파스타를 80그램 정도로 잡았을 때, 한 접시 당 계란
노른자 한 개가 적당하다고 셰프들이 이구동성으로 일러주었다.

나는 처음에 토마토 소스가 들어가지 않은 비안코(하얀) 파스타를 싫어했
다. 식성이 느끼한 것을 견디지 못해, 토마토 소스가 맛이 훨씬 산뜻하게 느
껴졌다. 그런데 이탈리아에서 카르보나라를 먹게 되면서 흰색 파스타에 대한
생각이 완전히 달라졌다. 이탈리아 사람들은 한국에서처럼 크림 소스, 곧, 판
나panna(생크림, 우유에서 빼낸 지방분)에 비벼 먹는 일이 거의 없다. 그들의
비안코 파스타는 대체로 신선한 올리브 기름에 비벼 먹는 것이다.

우리나라에서는 카르보나라를 시키면 으레 크림 소스에 비벼 나온다. 게다
가 조금 달착지근하기까지 하다. 나는 아직까지도 이 한국식 카르보나라에는
익숙하지 못하다. 김치를 먹는 민족이 이렇게 생크림 소스 범벅의 파스타를
좋아할 줄은 미처 몰랐다. 이탈리아에서 살다 온 다른 친구들도 그런 카르보
나라 앞에서 매우 당황해한다. 이 유래에 대해서 정확하게 아는 바가 없다.
아마도 미국식이 아닌가 싶기도 하다. 혹시 어쩌면 나만 모르는 것은 아닐까.
사람들은 이미 다 알고 먹는데 이탈리아 촌에서 먹어 보고 온 나만 "크림에

비빈 것은 카르보나라가 아니옵니다" 하고 우기는 것인지도 모르겠다.

　내가 카르보나라를 좋아하는 데에는 이유가 있다. 만들기 간단하고 시간이 얼마 걸리지 않아서이다. 셰프로 일하는 동안 집에서 식사를 해 먹을 시간은 거의 없었다. 점심과 저녁을 모두 레스토랑에서 먹기 때문이었다. 아침은 간단하게 커피와 빵으로 해결하고, 식사는 점심과 저녁 두 끼만 먹었다. 휴일에만 집에서 음식을 해 먹었다. 나는 밥은 먹고 싶지만 된장이나 고추장 같은 게 없으므로 간단하고 영양 만점인 이 카르보나라를 자주 해 먹었다. 한국에서도 무리 없이 재료를 구할 수 있는 이 카르보나라는 혼자서도 빨리 맛있게 해서 먹을 수 있는 초간단 레시피의 음식이다.

　특히나 자주 식사를 걸러 영양 부족에 빠지기 쉬운 솔로들에게 첫 번째로 권하고 싶은 추천 메뉴다. 고명이라곤 삼겹살(훈제 삼겹살이나 포장된 베이컨 또는 삼겹살을 직접 살짝 구운 것)을 계란 소스와 비비기만 하면 된다. 그 옛날 척박한 환경에서 일하던 광부들도 쉽게 만들어 먹었다는데, 현대 도시의 싱글들이야 누워서 식은 죽 먹기일 터이다.

카르보나라 la carbonara

재료 파스타, 계란 노른자, 판체타(염장 베이컨), 생크림, 파르마 산 치즈

소금, 후추, 양파, 올리브 기름

1. 한 사람당 계란 1개씩이다. 계란 노른자를 사람 수대로 풀고, 생크림 조금, 파르마 산 치즈를 섞고 소

금, 후추를 넣고 휘휘 젓는다.

2. 팬에 올리브 기름을 두르고, 양파를 볶다가 이탈리아식 베이컨을 넣고 같이 볶는다. 그 위에 삶은 뜨거

운 면을 넣는다.

3. 먼저 1에서 섞어 놓은 재료를 파스타 면에 붓고 불 위에서 재빠르게 저어 준다. 그러면 마치 석탄재처

럼 계란이 스크램블드 에그가 되어 면 위에 가서 달라붙는다. 그 위에 많은 양의 후추를 뿌린다. 이것

역시 뜨거울 때 먹어야 제맛이다. 계란이 살짝 입에서 녹으면서 삼겹살의 고소함까지 더해진다.

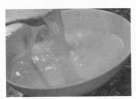

계란 노른자를 푼다.
계란 노른자에 생크림과 파르마 산 치즈를 넣고 휘젓는다.
판체타(베이컨)와 잘게 다진 야채를 볶는다.
완성된 카르보너라 접시.

너도 나도 좋아하는 칸넬로니

칸넬로니 cannelloni, 라사냐 lasagna, 토르텔리니 tortellini, 라비올리 ravioli 등은 이탈리아식 만두 같은 음식이다. 만두와 가장 흡사한 모양을 한 것은 라비올리

칸넬로니

다. 진짜 만두처럼 빚는 이 음식들은 손이 많이 가는 대신 한국의 음식처럼 깊은 맛이 있다. 만드는 방법은 조금씩 차이가 있으나 들어가는 내용물은 비슷비슷하다. 거의 모든 이탈리아 사람들이 이 음식들을 좋아한다.

우리도 냉동 만두가 포장이 잘 되어 나와 있는 것처럼 이탈리아도 슈퍼마켓에 가면 이 음식들이 냉동식품으로 다양하게 진열되어 있다. 소스와 함께 바로 삶아서 먹기만 하면 된다. 인스턴트라 해도 신선해서 맛이 나쁘지 않다. 그렇지만 유통기한은 길지 않다.

라 브리촐라에는 여름철이나 바쁜 시기에 간간이 접시를 닦으러 오는 시모네타라는 노처녀가 있었다. 외모로 보면 아이를 서너 명 낳은 아줌마 같지만, 남자를 전혀 만난 적 없는 처녀였다. 이탈리아처럼 개방적인 곳에서 이런 처녀를 만나기란 좀처럼 드문 일이다. 아무튼 이탈리아 사람들은 솔직했다. 상당히 뚱뚱하고 못생기고 어수룩해 보이는 시모네타는 몸무게가 한 90킬로그

램은 되어 보였다. 덩치는 코끼리만해도 귀여운 구석이 있는 아가씨였다.

이 덩치 큰 시모네타의 유일한 즐거움은 온통 먹는 것에 집중되어 있었다. 아침에 출근을 하면 모두가 "좋은 아침!" 하고 인사를 하는데, 시모네타는 오자마자 "오늘 점심은 무엇을 먹느냐"고 애교까지 떨면서 사비나 셰프에게 묻곤 했다. 그러면서 "오늘은 칸넬로니 먹을 수 있어?" 하고 덧붙였다. 그러면 사비나는 "그래 칸넬로니, 이 디아볼라(마녀)야" 했다. 그는 레스토랑에 돈을 벌려고 오는 것보다 이곳의 메뉴를 골고루 다 먹어 보기 위해 오는 것 같았다. 집에서 한 시간 거리쯤 되는 이 레스토랑에 오는 길이 그에겐 얼마나 즐거울까.

아침 바쁜 시간에 시모네타는 쿠치나 바닥을 쓸고 작업대를 닦으며 칸넬로니 먹을 생각에 신이 나서 콧노래를 부르며 일했다. 실은 나도 먹어 보지 못해서 그 맛이 사뭇 궁금했다. 음식이 만들어지는 과정을 빠짐없이 적고 사진을 찍기로 작정했다.

칸넬로니cannelloni는 이탈리아 말로 관, 튜브(cannello)라는 뜻이다. 모양

타루투포를 가미한 칸넬로니.
베샤멜라를 두른 칸넬로니.

이 길쭉한 관처럼 생겨서 그렇게 불리는 것 같다.

    홀에서 알프레도 아저씨와 그의 아들 안드레아는 손님들에게 오늘의 메뉴로 칸넬로니를 추천했다. 새로 만들어 신선하기 때문이었다. 레스토랑에 가서 식사할 때 메뉴를 고르기 전에 서빙을 하는 이에게 "오늘 이 식당에서 새로 만든 음식이 무엇이냐"고 질문해 봄직하다. 레스토랑들은 많은 음식을 한꺼번에 다 만들 수 없으므로 대부분의 음식들을 냉장고에 보관해 두었다가 손님이 오면 오븐에서 데워서 낸다. 특히 재료나 조리법이 복잡한 음식일수록 냉장 상태에 있기가 쉽다. 그러니 웨이트리스가 권하는 오늘의 메뉴를 먹는 것이 현명한 선택이 된다. 제 아무리 맛있는 음식이라도 방금 한 것과는 견줄 수가 없기 때문이다.

    드디어 점심시간이다. 시간과 공이 많이 들어가는 새로운 칸넬로니를 만들었으니, 냉장 보관되어 있던, 조금은 오래된 칸넬로니를 우리 점심 메뉴로 먹을 수 있다. 시모네타는 입이 귀에 걸려서 누구보다도 재빨리 접시를 들고 오븐 앞으로 가서 사비나에게 칸넬로니를 받을 준비를 했다.

슈퍼마켓 진열장에 즐비한, 라비올리, 칸넬로니 등의 냉동식품.

칸넬로니cannelloni

1. 일단 라사냐 파스타로 칸넬로니를 만든다. 뜨거운 물에 라사냐 파스타를 넣어서 살짝만 익힌다. 살짝 익힌 넓은 라사냐 파스타를 물에서 꺼내서 둥그런 통 위에 넌다.

2. 그 다음, 칸넬로니 속을 만들어야 한다. 우리나라 만두속처럼 이것저것을 넣고 볶고, 삶고, 버무린다.

칸넬로니 속 만들기

1. 팬에 양파를 두서너 개 넣고 볶는다. 거기에 소금과 후추, 돼지고기 간 것을 넣고 같이 볶는다.

2. 다른 한쪽 팬에서는 많은 양의 치거리를 마조라나maggiorana(꽃박하) 같은 향신료를 넣고 같이 삶는다. 마조라나를 넣는 까닭은 치커리의 쓴맛을 중화하기 위함이다.

3. 위의 1과 2를 같이 뒤섞는다. 그 위에 파르마 산 치즈를 잔뜩 갈아 넣고, 계란 서너 개를 깨트려 넣은 뒤, 리코타ricotta 치즈 두 통을 넣고 마구 버무린다.

칸넬로니 위아래를 덮을 베샤멜라를 만든다.

칸넬로니 속을 만들기 위해 돼지고기 간 것을 볶는다.
볶은 돼지고기와 삶은 치커리를 섞은 것을
파르마 산 치즈, 리코타 치즈와 계란을 넣고 버무린다.
오븐에서 익힌 깐넬로니.

베샤멜라besciamella

베샤멜라는 흰색 계통 소스의 대표적인 모체 소스로, 여러 식재료를 첨가해 다양한 종류의 소스를 만들 수 있다. 14세기경에 이탈리아 봉건제가 무너지면서 피에몬테 주의 토리노가 수도로 지정되면서 생겨난 소스라고 알려져 있다.

재료 우유 1리터, 밀가루 70그램, 버터 70그램, 소금, 노체 모스카테noce moscato

1. 70그램의 버터 녹인 것에 밀가루 70그램을 넣고 엉기지 않게 휘젓고, 약한 불로 옮겨 계속 젓는다.
2. 우유 1리터에 소금과 노체 모스카테(육두구, 영어로 넛메그nutmeg라 한다)를 갈아서 넣고 끓인다.
3. 2를 1에 넣고 불 위에서 엉기지 않게 저어 준다. 그러면 걸쭉한 베샤멜라가 된다.

넓은 판에 오븐용 종이를 깔고 베샤멜라를 바닥에 골고루 바른다. 앞에서 삶아 놓은 라사냐를 네모나게 자르고 그 위에 속을 올린 뒤에 동그랗게 말아, 튜브 모양의 칸넬로니를 만든다. 만들어진 칸넬로니 위에 베샤멜라를 골고루 듬뿍 바른다. 그리고 랩을 씌워 냉장 보관한다. 곧바로 구울 수도 있으나, 냉장 보관했다가 먹기 전에 파르마 산 치즈를 듬뿍 뿌려 오븐에 넣고 굽는다. 이미 조리된 것이므로 180도에서 5분이나 10분 정도 타지 않게 굽는다.

버터 녹인 것에 밀가루를 섞는다.
엉기지 않게 약한 불 위에서 재빠르게 젓는다.
튜브 모양으로 칸넬로니를 만든다.

셰프의 손

하루 세 끼니를 무엇을 먹을까 하고 걱정하는 것은 엄마들만의 문제는 아닌 것 같다. 라 브리촐라의 셰프들도 마찬가지 고민을 했다. 사람들이 먹을 것이 그득한 식당에서 무슨 고민을 할까 싶지만 우리 셰프들도 "무엇을 먹을지" 날마다 고민한다. 라 브리촐라의 셰프들은 이탈리아 음식을 많이 접하지 않은 동양인인 내게 더러 무엇이 먹고 싶은지 말하라고 종용하곤 했다.

나는 이미 몇 달 동안 돌아가며 다 먹어 본 이 식당 메뉴 외에, 무엇이 먹고 싶은지를 생각했다. 그런데 쉽게 떠오르지 않았다. 한국 음식이라면 이것저것 생각해 볼 여지가 많겠지만, 그래도 외국 음식인지라 생각해 내기가 쉽지 않았다. 우물쭈물 망설이자 성격 급한 사비나가 "오늘은 그냥 남아 있는 파스타로 오븐 구이나 해 먹자"고 했다. 나는 그때까지 먹어 본 적 없는 그 음식이 궁금해서 곧바로 좋다고 대답했다. "바로 그거야(proprio questo), 그게 먹고 싶었어."

아침에 레스토랑에 도착하면, 손님이 많이 들이닥칠 것을 예상해서 손님들에게 빨리 서빙할 수 있도록 스파게티 면이나 파스타부터 알 덴테(약간 덜 익힌 상태)로 미리 많이 삶아 놓는다. 그러나 손님들은 예측한 대로 오지 않는 경우가 더 많아서, 삶아 놓은 면은 음식이 되지도 못한 채 쓰레기통으로 버려지는 일이 허다했다. 그래서 그날은 사비나가 버려지는 파스타로 "파스타 오븐 구이"를 하기로 결정한 것이었다. 이 메뉴는 간단하기도 하고 가정에서도 흔히 먹는 음식이지만, 레스토랑 메뉴에는 없었다. 레스토랑은 아무래도 가정식과는 다르게 사람들이 좋아할 만한, 좀 각별한 음식들을 마련해 놓고 있어야 하기 때문이다.

식사를 하며 이 얘기 저 얘기를 나누는 동안, 나는 셰프들의 손을 자세히 들여다보았다. 그것은 내 습관이었다. 저마다 다른 직업을 가진 사람들의 손을 보는 것을 나는 좋아한다. 손은 거짓말을 하지 않기 때문이다. 나는 불현듯 셰프의 손이 궁금해서 사비나와 다니엘레 두 셰프에게 손을 보여 달라고 하였다. 그들은 순순히 손을 보여 주었다. 어라! 생각보다 셰프의 손은 거칠지 않았다.

나는 셰프가 되겠다고 마음먹었을 때, 내 손은 이제 끝장났구나 하면서 곱상한 손을 포기하기로 작정했다. 셰프가 되면 분명 손이 거칠어질 것이라 지레 짐작했기 때문이다. 그들은 내친김에 내 손도 만져 보았다. "뭐야, 완전 애기 손이잖아." 셰프의 손은 거칠 것이라 생각했는데 의외로 다들 고운 것은 무슨 까닭인지 물어 보았다.

그들은 뒤에 걸려 있는 삼사십 개가 넘는 집게며 집기들을 가리켰다. 그러면서 이탈리아 음식은 손을 집적 쓰는 일이 드물다는 것이었다. 예를 들어 스파게티는 삶아서 물속에서 건져 내서 바로 팬에 넘기고, 양념을 넣은 뒤 팬을 살짝 들어 흔들어 뒤집고, 다 되면 집게로 파스타를 집어 올려 접시에 비틀어 올려놓는다. 이런 과정에서 그때그때 적절한 집기를 이용하기 때문에 음식이나 물에 직접 손을 대거나 담글 일이 별로 없다고 했다. 처음 이탈리아 레스

라 브리촐라 쿠치나의 집기들.

토랑에서 일할 때 시모네 셰프가 나에게 가장 큰소리를 지를 때는 내가 행주를 물에 적실 때였다. 한국 사람인 내게는 젖은 행주가 익숙하지만, 이탈리아의 셰프는 젖은 행주를 쓴다는 것 자체를 몰랐다. 물론 물에 손을 담그고 접시를 닦는 이가 따로 있긴 했다. 그들은 맨손으로 수십 개의 팬을 닦느라고 손이 몹시 거칠었다.

내가 요리를 하면 손이 거칠어질 것이라고 생각한 것은 한국 음식을 생각했기 때문이다. 한국 음식은 맛은 있지만 손이 많이 가는 음식들이다. 깎고, 썻고, 다지고, 지지고, 볶고, 삶고, 데치고…. 그래서 부엌에서 일하는 분들은 대개 손이 거칠다. 그런데 "집기의 나라" 이탈리아는 좀 달랐다. 벽에 걸려 있는 수십 가지의 집기들을 보면서 혼자 중얼거렸다. "고맙구나, 너희 도구들아. 너희가 이 노처녀의 손을 지켜 주는구나."

셰프들의 손은 생각보다 부드럽다.

파스타 오븐 구이

재료 삶아 놓은 파스타, 베샤멜라, 파르마 산 치즈, 버터, 라구 소스

1. 라구 소스(토마토 소스에 쇠고기를 갈아서 만든 것)에 파르마 산 치즈와 베샤멜라를 넣고 섞는다.

   이미 삶아 놓은 것이라서 꾸덕꾸덕해진 파스타를, 베샤멜라, 파르마 치즈와 조합해 놓은 라구 소스를

   넣고 비빈다.

2. 오븐에 들어갈 접시에 파스타가 달라붙지 않도록 버터를 골고루 발라 준 뒤, 라구 소스로 골고루 비빈

   파스타를 접시에 담는다. 그리고 그 위에 파르마 산 치즈를 사정없이 뿌려준 뒤에 오븐에 곧바로 넣는

   다. 어느 정도 오븐에서 구워지면 꺼낸다. 정확한 시간이 따로 정해져 있지 않다. 이미 삶은 면이기에

   겉이 타지 않을 정도로만 익히면 된다. 그러면 손님의 식탁 위에 올라가 보지도 못한 천덕꾸러기 파스

   타가 드디어 빛을 발하며 그럴싸한 파스타 오븐 구이로 거듭난다. 오븐에서 갓 나온 이 음식은 피자가

   빰을 맞고 갈 정도로 아주 맛있다.

삶아 놓은 펜네 파스타.
베샤멜라, 파르마 산 치즈와 섞은 라구 소스.
꾸덕해진 파스타가 라구 소스와 섞여 변신하고 있다.
오븐에서 완성된 파스타 구이.

셰프에게 휴식이란

라 브리촐라는 수요일이 쉬는 날이었다. 페루자에 있는 산 로렌초의 휴일이 일요일에서 월요일 오후 6시까지인 것에 비하면 매우 짧았다. 페루자에서는 사람들이 게으른 편이어서 그런지 다른 레스토랑들도 대부분 일요일에는 문을 닫았다. 어느 날, 내가 시모네에게 왜 일요일에 문을 열지 않느냐고 물었을 때, 그는 "내 인생에서 일요일에 문을 여는 일은 앞으로도 평생 없을 거야"라고 잘라 말했다. 까닭이야 무엇이든 덕분에 같이 일하는 셰프들은 아주 행복했다. 더러 월요일 오전에 특별한 일 없이 그 작은 도시를 배회할 때면 레스토랑들이 더러 문은 열려 있어도 장사는 하지 않았다. 지나가다 흘깃 들여다볼라치면 예의 험악한 얼굴로 더 놀다가 저녁에 오라고 했다.

그러나 여기 토스카나의 라 브리촐라는 오직 수요일 하루만 쉬었다. 관광 도시인 몬테풀치아노의 입구에 있고, 이 도시에서 두 번째로 사람이 많은 명소인 터라, 손님이 하루에 팔십 명에서 백 명가량은 왔다. 라 브리촐라보다는 좀 더 고급 레스토랑인 산 로렌초는 아무래도 손님이 한결 적었고, 손님 수효에 크게 신경 쓰지 않았다.

라 브리촐라에서 일하는 날에는 시에스타(3시에서 6시까지) 시간에 집으로 돌아오면 곧바로 소파에 널브러져 주전부리를 하거나 텔레비전을 보다가 한

두 시간 낮잠을 잤다. 그러면 금세 6시가 되어 부랴부랴 식당으로 다시 가고, 일을 끝내고 집에 돌아오는 시간은 밤 10시, 늦으면 11시쯤이었다. 날마다 해야 하는 샤워도 할 수 없을 만큼 피곤했다. 그러니 우리 셰프들은 수요일만 손꼽아 기다릴밖에. 화요일 밤이면 모두 기분이 날아갈 듯 하늘을 찔렀다. 어느 화요일, 사비나에게 내일 머리를 감는다고 좋아했더니, 사비나가 "나도 야" 하며 더 기뻐했다. 셰프의 삶이란 이런 것이다.

셰프들과 주인의 가장 심한 신경전은 서로 쉬는 날을 정하는 일이었다. 주인이라고 쉬는 날이 더 많은 것은 아니어서 그들도 늘 피곤에 절어 있었다. 요식업의 가장 나쁜 점은 남들이 놀 때 더 바쁘다는 것이다. 이미 산 로렌초에서 "움브리아 재즈"와 "초콜릿 페스티벌" 때에 사람들이 몰려올 것을 대비하는 쿠치나의 긴장감은 상상 이상이라는 것을 경험했다. 여기에서도 마찬가지였다. 주인 알프레도는 몬테풀치아노 밖을 나가 본 적이 거의 없었다. 이십년 넘게 부모님이 하던 레스토랑에 발이 묶여 있다가, 자신의 레스토랑을 열어서 또다시 이십 년이 넘도록 이어 오고 있으니, 이 도시를 떠날 시간이 없었던 것이다. 휴가 때에도 밀린 집안일 처리하고, 고단한 몸을 쉬느라고 늘 시간이 모자란다고 했다. 그에게 서울에 한 번 놀러 오라고 했더니, 웃기만 했다. 나는 그가 오지 못할 것을 잘 알고 있었다.

메인 셰프 사비나.
셰프 다니엘레.

사비나는 늦게 결혼해서 막 두 돌이 지난 딸이 있었다. 그런데 딸과 보내는 시간이 너무 짧은 것이 그의 문제였다. 휴가가 일 년에 두 번 있지만, 남들이 노는 홀리데이에는 쓸 수 없었다. 가족과 한참 놀러 다녀야 할 때인데, 그 역시 이 도시 밖으로 나가 본 적이 없었다. 더구나 어느 쿠치나나 마찬가지이듯 메인 셰프로서 막중한 책임감에 시달리는 그는 누구보다도 진정한 휴식이 필요한 사람이었다. 그래서 그는 날마다 휴가 문제에 대한 분노가 꽉 차 있었다.

어느 날 그는 작심하고 알프레도와 휴일에 대해 협상에 들어갔다. 그동안 레스토랑이 바빠서 계약 조건의 시간보다 곱절은 더 일했다면서 항변했다. 그럴 때면 주인들은 그냥 대충 넘어가려고 하지만, 이번에는 자기 뜻을 관철하고야 말겠다는 사비나의 의지가 더 강했다. 딸과 함께 로마에 있는 동물원에 가기로 계획을 세웠다며 알프레도에게 통보하듯 말했다. 어쩔 수 없이 모두가 그의 부재를 받아들여야만 했다.

상황이 그렇게 되자 가장 곤란한 사람은 셰프 다니엘레와 나였다. 일 년밖에 되지 않은 그와 내가 보름 동안 쿠치나를 책임져야 하는데, 다른 사람이라곤 서빙과 밑작업을 도와 줄 친구밖에 없었다. 우리는 긴장했다. 사실 나보다 다니엘레가 더 심했을 것이다. 나에게 말로는 괜찮다고 하지만 얼굴은 괜찮아 보이지 않았다. 평소에 나는 다니엘레를 요리를 잘한다기보다는 나보다 이탈리아어를 좀 더 잘하는 원어민 정도로만 여겼다. 나는 이미 페루자에서 웬만큼 견습 생활을 마친 터라 요리 실력은 다니엘레와 비슷한 수준이었다. 단지 그는 요리전문고등학교를 나온 것 하나가 장점이라면 장점이었다. 그러나 실전은 실전이었다. 거의 같은 수준의 우리가 보름 동안 쿠치나를 맡게 되다니….

이탈리아 레스토랑은 음식을 미리 만들어 놓기 때문에, 손님이 들어오면

사비나와 딸 안토넬라.

대부분 미리 만들어 놓은 음식을 조금 손보아 서빙만 하면 된다. 파스타는 비벼 주고, 세콘도는 오븐에 데우거나 그릴에 굽는 정도다. 소스들은 냉장고 안에 가득 들어 있다. 사비나도 우리에게 맡길 만하니까 휴가를 감행한 것이겠지만, 그래도 사실 겁이 났다. 그가 우리에게 지시한 일을 하는 것과, 우리끼리 알아서 해 나가는 것은 엄연히 다르니 말이었다. 어쨌든 사비나는 로마로 가 버렸고, 당장 우리끼리 일해야 하는 상황에 부딪쳤다. 하던 대로 다니엘레는 고기 파트를, 나는 파스타를 맡기로 했다.

가장 걱정스러운 상황은 일시에 사람이 몰려드는 것이었다. 사람은 거의 같은 시간에 배가 고프다. 더구나 이탈리아처럼 레스토랑이 문을 연 시간 외에는 밥 먹기 힘든 곳에서는, 같은 시간대에 사람들이 몰려올 수밖에 없다. 다니엘레와 나도 천천히 한 테이블씩 들어오는 주문쯤은 그럭저럭 소화할 수 있겠지만, 손님들은 거의 한꺼번에 몰려와, 이 집의 모든 메뉴 "안티파스토 일곱 종류, 파스타 일곱 종류, 수프 세 종류, 세콘도 여덟 종류, 인살라타 insalata(샐러드) 다섯 종류, 콘토르노 다섯 종류" 가운데서 저마다 다른 것을 주문하기가 십상이었다. 그러면 우리는 이리 뛰고, 저리 뛰며 서너 시간 동안 미친 듯이 음식을 만들어야 했다.

사비나가 없는 첫날과 둘쨋날, 우리는 손님들 주문에 따라 음식을 홀로 내보내기에 급급했다. 맛있게 해서 내보냈는지도 잘 모른 채로, 수요에 따라 공급하기에만 정신이 없었다. 메인 셰프의 빈자리가 그만큼 컸다. 밀어닥치는 손님의 주문을 해치우기에 바빴다. 그러나 그의 빈자리는 고군분투한 만큼 우리를 성장시켰다. 접시를 내보내기에 급급했던 우리는 시간이 지나면서 "손님들이 음식을 맛있게 먹었을까" 하고 걱정하는 여유가 생길 만큼 변해갔다. 빵가루 스파게티는 매운 고추와 빵가루가 올리브 기름에 적절히 재워져 늘어지지는 않았는지, 라구 소스를 너무 많이 넣지는 않았는지, 포르치니 porcini 버섯 스파게티는 적절히 배합이 되었는지, 말탈리아티 파스타는 면을 너무 푹 삶은 것은 아닌지, 그런 것까지 신경을 썼다. 둘 다 얼떨결에 한 음식들에 대해서 고민하기 시작한 것이었다.

음식은 굉장히 예민한 녀석이어서 불 위에 팬을 올려놓는 순간부터 나(셰프)와 대화를 시작한다. 파스타 면을 삶고, 팬에 넣고, 소스와 비비면서 맛의 여부가 결정된다. 음식은 시작할 때부터 마지막에 접시에 얹을 때까지의 대화로 감을 잡는다. 그 음식을 만든 셰프는 그것을 곧바로 알아챈다. 너무 바빠서 면을 빨리 꺼냈거나 불 조절에 실패한 음식은 여지없이 접시에 남겨져서 되돌아온다. 요리를 하는 사람이 일부러 맛없게 음식을 내보내지는 않는

법, 다만 단 둘이서 많은 사람의 주문을 소화하다 보니 어쩔 수 없이 소홀히 하게 되는 음식이 있기도 했다. 매번 애를 썼는데도 더러 맛없는 놈도 나오고, 더러는 맛있는 놈도 나왔다. 백 그릇을 내어도 한두 그릇이 시원찮으면 손님들의 입맛은 정확하게 그것을 짚어 냈다. 그래서 셰프들은 예민하게 긴장한 채로 한 그릇 한 그릇에 최선을 다할 수밖에 없다.

첫날의 실수를 깨닫고 거울 삼아서 다음 날부터는 실수하지 않으려고 무척 노력하였다. 사비나가 없는 보름 동안 우리는 나날이 발전해 갔다. 처음에는 그의 빈자리가 너무도 크게 느껴졌지만, 그가 떠난 시간은 요리사로서 우뚝 설 수 있는 자신감을 갖게 하는 기회가 되었다. 휴가를 마치고 돌아온 사비나는 자신의 쿠치나가 이상 없이 돌아간 것에 대해 기뻐하고, 한층 성숙한 요리 솜씨를 뽐내는 우리를 자랑스러워했다.

딸과 남편과 동물원 구경도 하고, 사진도 찍으며 행복한 시간을 보내고 돌아온 사비나의 얼굴은 한결 밝아졌다.

로마에서도 한걸음에 달려와 먹는 **라 브리촐라**의 명물

    칠면조는 한국 사람들에게는 친숙하지 않은 고기이지만 미국과 유럽에서는 칠면조고기를 많이 먹는다. 우리나라는 예전에 꿩고기를 많이 먹었다는데, 꿩과 칠면조가 비슷한 맛인지는 잘 모르겠다. 요리법에 따라서 그 맛이 다르겠지만, 칠면조가 적어도 치킨보다는 맛있었다. 진공포장 상태로 배달되는 칠면조고기는 덩어리가 굉장히 큰 것을 보니, 칠면조는 몸집이 닭보다 훨씬 큰 것은 분명했다.

    이탈리아 레스토랑은 대부분 가족들이 함께 일하는 경우가 많다. 페루자의 산 로렌초도 그랬다. 예약 손님이 많은 날에는 시모네의 부인 사라가 나와서 다른 웨이트리스들과 함께 홀 서빙을 맡곤 했다. 라 브리촐라도 예외는 아니었다. 주인아저씨 알프레도와 아들 안드레아가 같이 일했다. 안드레아는 대학생인데 이 레스토랑 지분의 절반을 이미 아버지로부터 물려받았다. 둘은 주로 홀 서빙을 맡았다. 돈 많은 레스토랑의 주인이어도 양손에 접시 여섯 개를 들고 일층과 이층을 하루에도 수십 번씩 오르락내리락 하느라 살찔 틈이 없었다. 두 사람 다 몸이 날렵했다. 더구나 이들의 일은 집안 대대로 내려온 가업이다. 알프레도 아저씨의 부모님도 이곳 몬테풀치아노에서 레스토랑을

알프레도의 아들 안드레아.
알프레도 가족.

했고, 알프레도 아저씨도 어릴 때부터 서빙을 했다. 안드레아도 당연히 가업을 이어야 한다고 생각했다. 그렇다고 해서 이들이 학교 공부를 멀리하는 것은 아니었다. 안드레아는 시에나 대학에서 역사학을 공부하고 있었다.

알프레도의 부인 라우라는 레스토랑 건너편에서 작은 문방구를 운영했다. 늦둥이는 학교에 다니고 집이 이곳에서 자동차로 삼십 분 이상 가야 하기 때문에 가족 모두가 레스토랑에서 식사를 때우기 일쑤였다. 산 로렌초 레스토랑은 시모네가 셰프이자 주인이어서 주방과 홀을 모두 장악하고 있던 것에 반해, 여기는 사람 좋은 알프레도 아저씨는 홀에 있고 기가 센 사비나가 메인 셰프로서 쿠치나를 장악하고 있었다. 알프레도의 부인 라우라와는 아주 상극이었다. 사비나한테 미움을 받는 데는 라우라의 잘못이 컸다. 라우라는 주인 의식이 강해서 셰프들 위에 군림하려고 했다. 라우라는 셰프들에게는 나름대로의 근성(기술직 특유의 특성이라고 할까)이 있다는 사실을 모르는 듯했다.

유치원생 막내아들과 여고생 딸이 이곳에서 점심을 해결해야 하기 때문에 라우라는 주인인데도 셰프들의 눈총을 많이 받았다. 쿠치나는 칼자루를 쥔 이가 주인인 법이다. 그런데, 라우라는, 물론 이십 년 넘게 레스토랑 안주인으로 살아온 만큼 음식에 대해서 잘 알고 있기야 하겠지만, 셰프들에게 음식이 잘되었느니 잘못되었느니 하며 셰프들을 가르치려 드는 게 문제였다. 그러면 셰프들은 자존심이며 마음이 상할 수밖에 없다.

칠면조 요리를 하던 날이었다. 칠면조 요리는 라우라가 가장 좋아하는 음

식이었다. 그 누구보다 먼저 쿠치나로 달려와서 고기
를 척 썰어 먹어 보더니 맛이 있느니 없느니 타박을 했

칠면조 요리

다. 그러고는 아들과 딸을 주려고 한 덩어리를 쓱 떼어 갔다. 번번이 이러니
라우라가 셰프들로부터 밉보일 수밖에 없었다. 셰프들은 주인집 가족을 위해
서 음식을 만드는 것이 아니기 때문이었다.

라 브리촐라의 칠면조 요리는 로마에서 이곳까지 와서 먹는 손님이 있을
정도로, 이 레스토랑에서 오래도록 인기가 좋은 음식이었다. 칠면조고기 자
체도 담백하고, 음식에 들어간 타루투포(송로버섯)와 양송이버섯, 피망도 담
백한 맛을 돋우어 주었다. 잘 우러난 버섯 맛이 칠면조고기와 어울려 아주 독
특한 맛이 났다.

양이 많기 때문에 식은 고기를 일일이 비닐팩에 넣어서 냉동보관한다. 나
중에 손님 식탁에 나갈 때는 타르투포를 넣고 팬에 물을 조금 넣고 데워서 내
보낸다. 예쁜 그릇에 장식을 하고, 얇게 썬 피망에 로즈마리로 꽃을 만들어서
접시에 내놓으면 자랑스러운 자식을 보는 듯 마음이 흐뭇했다.

일일이 포장해 놓은 칠면조고기.
칠면조고기와 소스.

칠면조 요리

재료 올리브 기름, 피망, 양송이 버섯, 포르치니 버섯, 칠면조, 소금, 후추, 타르투포

살비아, 로즈마리, 지네브로(후추와 비슷한 향신료), 통마늘

1. 이 요리를 하려면 일단은 아주 넓은 팬에 올리브 기름을 두르고 노란색 피망과 많은 양의 양송이 버섯을 썰어 넣고, 마늘도 서너 개 넣어 30분 이상 우린다. 버섯에서 물이 우러나야 맛있는 냄새가 난다. 보글보글 끓는 모습이 아주 보기가 좋다.

2. 어느 정도 피망과 버섯이 익으면 이탈리아 사람들이 산삼처럼 좋아하는 포르치니 버섯을 같이 넣고 뭉갠다.

3. 칠면조고기 덩어리에 어슷어슷하게 칼집을 내고 칼집 사이사이로 타르투포, 살비아, 로즈마리, 지네브로, 소금, 후추와 올리브 기름을 넣고 오븐에 굽는다. 미리 예열된 상태에서 180도에서 30여 분 넘게 굽는다. 중간 중간 타지는 않는지 들여다본다.

4. 오븐에서 나온 칠면조고기가 식으면 적당히 잘라서 앞서 만들어 놓은 양송이와 피망을 우려 만든 소스와 함께 버무린다.

피망과 양송이가 끓고 있다.
타루투포 버섯을 넣는다.
오븐에서 구운 칠면조 요리.
심플한 칠면조 요리 장식.

피체리아에서의 새벽별 운동

루콜라 모차렐라 피자

이탈리아의 피자 가게 이름들은 주로 "로 스푼티노lo spuntino(간식거리)"나 "피자 탈리아pizza taglia(조각 피자)"가 많다. 거리를 다니면 수없이 이어지는 피체리아 간판을 마주친다. 이 곳에서 피자는 주식으로도 먹지만, 포카차focaccia(건포도 등이 들어간, 짭조름한 빵 종류)와 같이 간식거리에 속하기도 한다. 레스토랑이 쉬는 날이면, 집에서 가까운 시내를 돌아다니며 빵과 살라미, 과일 또는 피자 따위로 끼니를 때우곤 했다. 그중에서도 단골 메뉴는 역시 피자였다. 우리나라에서는 피자와 파스타를 한곳에서 취급하는 경우가 많지만, 이탈리아에서는 피자는 파스타와는 또 다른, 엄연한 하나의 전문 분야다. 레스토랑에서도 더러 피자를 먹을 수 있지만, 대부분 피체리아와 레스토랑은 메뉴가 완전히 구분되어 있다.

쥬커니 피자

춥고 눅눅한 겨울, 라 브리촐라에서의 요리 견습생 일을 그만두고 나만의 시간을 보내고 있을 때였다. 어느 날, 늦잠을 자고 일어나 집 가까이에 있는 "로 스푼티노"에 들러 피자를 사며 주인과 통성명을 했다. 평소 피자를 어떻게 만드는지 궁금하기도 했고 마침 놀고 있던 터라, 피자 굽는 것을 배울 수

피체리아, "로 스푼티노"
로 스푼티노의 피차이올로 지안카를로.
아침 식사를 하러 온 학생들.
갖가지 포카차.

있겠느냐고 지나가는 말처럼 물어 봤다. 주인은 내게 어느 레스토랑에서 일했냐고 물었다. "라 브리촐라"라고 했더니 "알프레도는 잘 있느냐"며 안부를 전했다. 몬테풀치아노는 모두 토박이(폴리치아니poliziani)들이 상점을 운영해서 도시가 안전하고 깨끗할 뿐더러 서로서로 잘 알고 지냈다.

주인은 흔쾌하게 승락했다. 그래서 대답을 어찌 그렇게 쉽게 하느냐고 물으니, "왜 그러면 안 되느냐"고 오히려 반문했다. 나는 이곳에 오기 전에 페루자에서 피자를 배우고 싶어 몇 번 시도했으나 모두들 냉랭하게 "노no"라고 대답했고, 자신들의 피자 노하우를 빼가는 몰지각한 외국인으로 매도당해 욕까지 얻어먹었다고 말했다. 어느 피차이올로는 외국인들이 와서 피자 만드는 법을 배우고 돌아가는 바람에 전 세계가 피체리아 천국이 되었다며, 더는 저희 기술을 알려주지 않겠다고 으름장을 놓기까지 했다. 그 말을 듣더니 주인 지안카를로가 막 웃었다. 외국인들이 제 나라로 돌아가서 피자를 만든다고 다 같은 이탈리아 피자가 될 수 없는 것이, 피자는 이스트와 물, 밀가루 중 어느 하나만 달라도 맛이 달라지기 때문이라고 했다. 그러면서 자신감 없는 "어리석은 피차이올로"라고 오히려 흉을 보았다.

지안카를로는 나에게 다음 날부터 나오라고 했다. 나는 사실 배워도 그만, 안 해도 그만이었는데, 그는 사뭇 진지하게 배울 테면 당장 시작하라는 것이었다. 레스토랑 두 군데에서 요리 실습을 끝낸 처지라, 사실 피자를 배우는 것에 심드렁했다. 피차이올로가 되기 위해서는 많은 시간을 투자해야 한다는 것을 알고 있었거니와, 다만 피자를 어떻게 만드는지 보고 싶었을 뿐이었다. 지안카를로는 다음 날 5시 반까지 가게로 나오라고 했다. 새벽 5시 반, 그렇게 일찍! 어쨌거나 말을 꺼냈으니 가야만 했다.

로 스푼티노는 가게가 두 군데에 있었다. 하나는 첸트로centro(중심부)에, 하나는 학교 근처에 있었다. 새벽에 반죽을 시작하는, 학교 근처의 로 스푼티노에서 일을 배우기로 했다. 레스토랑보다는 일이 훨씬 수월했으나 새벽부터 밤까지 몹시 고된 것은 레스토랑과 다를 바가 없었다. 반죽 도우(임파스타 impasta)를 하는 것에서부터 그렇게 궁금해하던, 포카차가 만들어지는 과정을 지켜보는 것은 재미가 있었다. 그러나 피자 오븐의 열은 생각보다 뜨거워서 겨울철이 아니면 견디기가 힘들었다.

이탈리아는 화덕 피자와 오븐에서 구워 내는 피자가 다르다. 화덕 피자는 참나무로 구워서 그 자리에서 바로 먹는 피자이고, 오븐 피자는 포카차나 조각 피자로 나중에 다시 데워서 먹을 수 있게 만든 피자다. 두 종류의 피자는 특성도 다르고 맛도 달랐다. 포카차를 하는 집들은 대부분 가스 오븐을 썼다.

밀가루를 뒤집어쓰며 일하다 보니 어느새 아침 7시가 가까웠다. 갑자기 한 무더기의 학생이 몰려와 너도 나도 포카차를 사려고 북새통이었다. 피체리아가 순식간에 학교 매점이 되어 버렸다. 무슨 일이냐고 놀라서 물으니 포카차는 이탈리아 학생들의 아침식사라고 했다. 처음 듣는 소리였다. 지안카를로는 우리가 저 학생들의 성장을 도맡아 책임지고 있다며 껄껄거렸다.

포카차 가격은 1유로 안팎으로 무척 쌌다. 이탈리아에서는 피자, 포카차, 빵, 파스타는 기본 먹거리라서 함부로 가격을 올릴 수 없었다. 다른 물가가 치솟아도 이것들만큼은 가격을 올릴 수가 없어, 재료비를 빼고 나면 남는 게 없다며 한숨이었다. 이 문제는 비단 로 스푼티노뿐만 아니라 이탈리아의 많은 피체리아들이 직면한 문제였다. 실제로 문을 닫는 피체리아가 하나둘 늘고 있다고 했다. 이탈리아에서 피체리아가 없어지다니, 말도 안 된다. 가장 기본적인 먹거리에 대한 압박이 우리를 슬프게 하는 것은 이곳도 마찬가지였다.

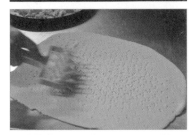

우유, 버터, 밀가루를 넣고 반죽기를 돌린다.
토마토 소스와 모차렐라를 뿌린 마르게리타.
포카치아에 롤러로 숨구멍을 낸다.
손가락으로 꾹꾹 누르기도 한다.

"간식거리" 피체리아로 출근하다 보니 새벽별 보기 운동이 따로 없었다. 남들 자는 시간에 잠을 떨치고 나오면 밀가루와 도우, 피자 팬이 나에게 인사를 했다. 빵을 만드는 일은 일반 요리보다 간단하지만 마음은 풍요로움을 느끼게 했다. 아무것도 아닌 밀가루가 역시 평범한 친구들을 만나 큰일을 해내곤 했다. 밀가루에서 반죽으로, 그리고 피자로 새롭게 변신하면서.

나는 가끔 우리말의 풍요로운 어휘에 감탄하는 만큼 라틴계 언어의 단순함에 웃음을 짓곤 했다. 우리말에는 "반죽하다"라는 술어가 따로 있지만 이탈리아 말에는 없다. 도우dough의 이탈리아 말인 임파스타impasta(밀가루 반죽)를, 지안카를로가 두 손과 온몸으로 표현하며 친절하게 설명해 주느라고 애썼다. "음, 그러니까 파스타나 피자가 되지 못한 밀가루야. 준비 중인 무언가가 되기 위한 대기 상태의 파스타." 결국 이렇게 설명해 주었다. 대기 상태, 아무 것도 아닌 "무"에서 어떤 "유"가 되기 위한 대기 상태의 밀가루. 그 밀가루가 친구 재료들을 만나 무언가가 되는 것이다. 마르게리타margherita, 콰트로 스타지오네qutro stagione(사계절), 풍기fungi(버섯 피자)등등…, 여러 가지 이름으로 변신하면서 .

피체리아에서의 견습이 끝나 갈 무렵, 밀가루를 반죽해 도우를 통에 넣고 뒤돌아서는데 무슨 소리가 들려 왔다. "뭐지?" "사그락 사그락!" 밀가루가 이스트를 만나 둘이서 이야기하는 소리, 부풀어 오르는 소리가 들려 왔다. 조그마한 도우가 차츰 커지더니 예쁘게 부풀었다. "안녕. 나, 너의 친구가 되었어. 너 내말이 들리니. 정말 반가워, 코레아나 베로니카."

오 맘마미아! 정말 들렸다. 사그락 사그락, 그들만의 비밀 대화가. "난 조금 있으면 피자가 될 거고, 포카차가 될 거야." 그렇게 속삭였다.

박물관 그림 속의 여자들

　세레나는 내가 세 들어 살던 몬테풀치아노 집주인의 여동생이었다. 요리 실습을 모두 끝내고 쉬고 있을 때였다. 집세를 받으러 온 세레나에게 무슨 일을 하느냐고 물었다. 두오모 성당 앞에 있는 카페에서 바리스타로 일한다고 했다. 두오모 앞에 바bar가 둘 있는데, 그 중 하나이니 놀러 오라고 했다. 이탈리아의 바bar가 궁금하기도 하고 호기심도 생겨서 놀러 가겠노라고 약속을 했다.

　어느 날 가파른 언덕 위에 있는 바 두오모bar duomo로 찾아갔다. 세레나가 반갑게 나를 맞이했다. 겨울철이라 비수기인데도 그날은 날씨가 추워서인지 손님이 꽤 있었다.

　이탈리아의 바는 특유의 분위기가 있었다. 커피 향이 그득하고, 덜그럭 하고 커피 잔 놓는 소리, 서서 커피를 마시며 끝도 없이 수다를 펼치는 말소리 등등…, 딱히 한마디로 뭐라 할 수 없는 운치가 있었다. 무엇보다도 가격이 착했다. 에스프레소 한 잔에 1유로도 안 되는 곳이 많았다. 물론 도시에 따라 다르겠지만, 한국의 커피 값을 생각하니 어쩐지 횡재를 한 느낌이었다. 물론 우리의 카페와 비교할 수는 없었다. 이곳은 오래도록 앉아서 이야기하는 분위기의 카페가 아니었다. 손님들은 카페caffe(커피) 한 잔을 후딱 마시고 나가곤 했다. 테이블 회전이 매우 빨랐다.

가끔은 혼자 앉아서 오래도록 여유롭게 시간을 보낼 수 있는 한국의 분위기 좋은 카페가 그리웠다. 이탈리아에는 아직도 미국식 커피숍이 들어와 있지 않았다. 밀라노에서도 "스타벅스"나 "커피빈"을 본 적이 없었다. 듣자니, 로마에 한 곳이 있다고 했다. 이탈리아의 커피 산업은 축구의 아주리 군단처럼 철벽 수비로 보호되는 듯했다.

바에서는 많은 것을 팔았다. 이곳 사람들의 아침식사는 바에서 이루어진다고 해도 지나친 말이 아니었다. 이탈리아의 아침식사는 대체로 간단한 브리오슈brioche 빵과 카푸치노였다. 가정에서도 마찬가지였다. 아침에 빵이나 쿠키에 커피 한 잔 마시고, 거의 1시쯤에 점심식사를 했다. 오전 손님이 한 차례 빠지고 나자, 간간이 커피를 마시는 손님들과 간단한 점심식사를 하러 오는 손님들로 바는 다시 가득 차기 시작했다.

메뉴에 타볼라 프레다tavola fredda와 타볼라 칼다tavola calda라고 표시해 놓고서 간단한 음식을 다루었다. 어것은 어딜 가나 마찬가지였다. 프레도freddo는 차갑다는 말로, 타볼라 프레다는 끓이지 않은 찬 음식을 뜻하는데 이탈리아식 파니니, 인살라타 등이 여기에 속했다. 칼다calda는 뜨겁다는 말. 뜨거운 음식 메뉴인 타볼라 칼다tavola calda에는 간단한 파스타, 추파, 세콘도 요리 따위가 있었다. 이탈리아는 패스트푸드점이 많지 않은 까닭에, 바에서 커피나 마실거리 외에도 이처럼 간단한 음식까지 두루 갖추고 있는 모양이었다.

노천 카페.
운치 있는 바bar의 풍경들.

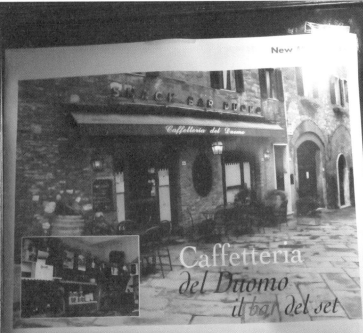

Caffetteria
del Duomo
il bar del set

foto e testi di Antonio Maprosti

A due passi dal palazzo Comunale e dal set di New Moon, si trova la Caffetteria del Duomo condotto da Elisabetta che ci racconta di quei giorni e della magica piazza Grande, trasformata con la costruzione di una grande fontana e tante bandiere e gonfaloni rossi, in un set magico. Gli anziani raccontano che una volta esisteva una fontana proprio in quel punto. Il tempo si è fermato e allo scoccare della mezzanotte i vampiri hanno fatto il loro arrivo nella cittadina di Montepulciano. I ragazzi e le ragazze a migliaia si sono precipitati a fare provini per la scena della festa dei Cappucci Rossi; molti hanno partecipato subito, altri dopo, ma nessuno si è arreso, tutti sono rima-

sti fino alla fine delle riprese. La Caffetteria del Duomo ha vissuto questo evento per tutto il periodo delle riprese, rimanendo aperto 24 ore su 24 sfornando caffè, cappuccini, paste, bibite e tanto altro. C'è chi ha dormito sui tavoli, qualcuno dentro, qualcuno fuori dal bar, ma tutti tenaci a non mollare. Elisabetta e tutti i dipendenti salutano e festeggiano augurando un seguito a questa divertente ed entusiasmante avventura e mandano con la loro simpatia un bacione ai loro cuccioli Giulia, Andrea e Francesco.
Caffetteria del Duomo
Montepulciano, Piazza Grande
tel. 0578 757331

바 두오모에서 영화 "트와일라이트"를 촬영했다는 이야기를 다룬 잡지 기사.

바 두오모의 미녀 바리스타인 세레나는 스물일곱 살로 얼굴이 퍽 고전적이었다. 흰 피부에 창백한 얼굴이 피렌체 우피치박물관에 걸려 있는 그림 "비너스의 탄생"에 나오는 비너스와 매우 닮았다. 세레나는 알베르기에리(요리전문학교)를 나왔다. 내 집주인인 언니가 사업을 확장하며 이 바를 인수한 뒤로, 열다섯 살 때부터 이 바에서 일을 거들었다. 십 년 넘게 바에서 일해 온, 훌륭한 바리스타였다. 하지만 자신의 일을 좋아하지는 않았다. 몬테풀치아노는 비수기와 성수기가 너무 뚜렷해서 노는 때가 많기 때문에, 그는 외국에 가서 돈을 많이 벌고 싶다고 했다. 나에게 한국으로 돌아가서 레스토랑을 경영해 돈을 많이 벌면, 자기를 꼭 불러 달라고도 했다. 젊은 사람이라서 이국에 대한 동경이 많았다.

카페

그 이튿날은 그가 쉬는 날이었다. 그는 그 귀한 휴일을 나에게 할애하며, 열 몇 가지가 넘는 이탈리아 카페를 멋지게 만들어 보여 주었다. 그 뒤로도 나는 틈만 나면 바 두오모에서 세레나와 함께 비수기의 무료함을 달래곤 했다.

카페 콘판나

유명한 할리우드 영화 "트와일라잇"을 몬테풀치아노의 곳곳에서 찍었는데, 두오모 광장과 이곳 바 두오모에서도 꽤 길게 촬영했다고 한다. 그러고 보니 벽 한 면에 영화 스틸 사진이 여기저기 붙어 있었다. 손님들은 그 사진들을 보고 세레나에게 영화 촬영 당시 상황에 대해서 묻곤 했다. 그럴 때마다 그는 수백 번도 넘게 했을 법한 이야기를 아주 신이 나서 생동감 있게 들려주었다. 마치 바로 엊그제 영화 촬영을 한 듯이. 그러면 말 많은 이탈리아 사람들은 또 맞장구를 치며 한바탕 신나게 떠들었다. 그러기를 하루에도 여러 번 되풀이하는데도 별로 귀찮아하지 않았다.

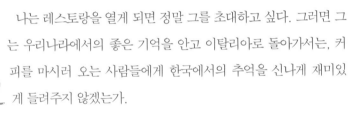

나는 레스토랑을 열게 되면 정말 그를 초대하고 싶다. 그러면 그는 우리나라에서의 좋은 기억을 안고 이탈리아로 돌아가서는, 커피를 마시러 오는 사람들에게 한국에서의 추억을 신나게 재미있게 들려주지 않겠는가.

언젠가 세레나가 바 두오모를 떠나 서울로 올 수 있기를 진정으로 바란다. 세레나, 내 레스토랑의 첫번째 바리스타로 너를 초대할게. 기다려. 그리고 기대해 꼬레아를….

도자기로 유명한 이탈리아 데루타Deruta의 그릇들.

바 두오모.

두오모 바에서 세레나가 에스프레소를 만들고 있다.

바 두오모의 홀 풍경.

커피를 내리는 세레나.

이탈리아 전역으로 나가는, 풀리아 주의 과일.

풀리아;

친구 엄마 마달레나에게서
배운 요리

Puglia

풀리아 주의 음식은

친구 쥬시의 고향이기도 한 풀리아 주는 이탈리아에서 가장 먼저 해가 뜨는 곳이다. 이곳은 500킬로미터나 길게 뻗어 있는 이탈리아 반도의 남쪽이다. 풀리아 주는 일찍부터 농업과 수산업이 발달한 곳으로, 이탈리아에서 와인을 세 번째로 많이 생산하는 곳이다. 수많은 관광자원을 가지고 있고, 동화 속 같은 마을 알베로벨로를 위시해 유명한 관광지가 여러 곳이 있다. 이탈리아 사람들에게 어느 지역 출신이냐고 물으면 그들은 이탈리아 지도를 긴 장화에 빗대어, 한쪽 다리를 들고 장화의 여기저기를 가리키며 위치를 알려 주기도 한다. 풀리아 주는 장화의 뒤축에 해당한다.

내가 남부로 내려간다니까, 한 친구가 경제관념이 아주 투철하고 근면한 남부 이탈리아 사람들을 만나게 될 것이라고 귀띔해 주었다. 이곳은 느슨한 다른 곳보다 매우 활기차고, 어디를 가든 장이 서고 소리를 지르며 물건을 판다.

풀리아 주는 이탈리아 전역으로 공급하는 과일과 채소를 90퍼센트 이상 생산한다. 길거리를 나서면 과일과 야채가게가 한 집 걸러 있을 정도다. 가격은 대체로 1킬로그램에 1유로로 아주 싸다. 과일의 당도가 이루 말할 수 없이 뛰어나다. 싸고 질 좋은 먹거리에 입이 떡 벌어진다. 과일뿐 아니라 생선도 넘쳐난다. 옛날에 밀라노에서 함께 공부할 때 쥬시는 밀라노에서는 과일이 너무 비싸고 맛이 없어서 슬프단다. 이런 곳에서 자랐으니 그럴 만했다. 이탈리아 북부는 공업이 발달한 반면, 남부로 갈수록 농업이 발달할 수밖에 없겠구나 싶다.

이곳도 올리브가 많이 난다. 올리브 기름은 지역별로 색과 맛이 다 다른데, 남부 지역 올리브 기름은 농도가 진하며 금빛의 노란색을 띠고, 아몬드 같은 견과류의 맛이 강하게 느껴진다. 한국의 어머니들이 진짜 참기름을 구하려고 고심하듯, 이곳의 어머니들도 미더운 오래된 거래처를 확보해 놓고 100퍼센트 올리브 기름을 사서 먹는다.

이곳은 또 치즈의 낙원이어서 갖가지 신기한 치즈의 향연에 동참할 수 있다. 아주 놀라운 맛

경제관념이 투철한 남부 사람들.
알베로벨로의 골동품 가게.
바닷가 생선 시장.
재래시장에서 저장식품을 파는 부부.

남부 풀리아 주의 풍경들.

의 리코타 ricotta를 비롯하여 양젖으로 만든 카치오카발로caciocavallo, 공처럼 둥근 모양의 스카모르차scamorza 등등이 있다. 작은 치즈 가게에도 세계적으로 유명한 치즈가 싼 값으로 즐비하다. 풀리아 주의 안드레아 지역은 1900년대부터 시작해 지금까지 세계적인 명품으로 이름난 생치즈인 모차렐라 디 부라타mozzarella di burrata를 생산하는 곳으로 유명하다. 이 치즈는 크림이 들어가서 아주 부드럽고 촉촉한 것이 장점이다. 농도가 동일한 속을 빛나는 겉껍질로 덮고 있지만 크림에 넣으면 작은 조각으로 분리되는 것이 특징이다.

과일이 참으로 싼 덕분에 나는 풀리아에서 식전 음식 안티파스토를 시도 때도 없이 먹었다. 멜론에 프로시우토를 감아 먹는 안티파스토를 이때가 아니면 언제 양껏 먹을까 싶어서 실컷 먹었다. 안티파스토antipasto라는 말의 뜻은 "파스타 전에 (먹는 음식)"이다. 아무튼 정찬의 시작을 알리는 이탈리아 전채 요리 안티파스토는 화려한 색과 모양으로 멋스럽게 조화를 이룬다. 본 음식을 먹기에 앞서 식욕은 물론 오감을 자극시키기 위함이다. 내가 과일을 엄청나게 먹는 것을 보더니, 친구 어머니가 안티파스토의 유래에 대해 이야기 주었다. 우리가 흔히 애피타이저appetizer라고 부르는 서양의 전채 요리는 13세기에 마르코 폴로가 중국 원나라의 냉채 요리를 보고 와서 창안함으로써 이탈리아에서 처음 시작됐으며, 그 뒤 유럽의 다른 나라로 전파된 것으로 알려져 있다. 어머니는 마르코폴로가 중국의 국수에서 착안해 스파게티를 들여오지 않았다면 지금 이탈리아 사람들은 무엇을 주식으로 했을지 의문이라며 웃었다.

풀리아 주에 머무는 동안, 친구 어머니 마달레나에게서 풀리아 주의 전통 파스타인 오레키에테orecchiette(귀 모양의 파스타)를 세몰라semola(듀럼 밀로 만든 밀가루)와 물만으로 만드는 법을 배웠다. 식사 때마다 어머니가 빼놓지 않고 내놓는 빵이 또한 매우 특이하고 맛있었다. 빵의 재료인, 색이 짙은 마카로니 밀은 아볼리에르 평원에서 생산되는 이곳의 특산품이다. 빵의 식감이 아주 쫀득쫀득하며 질기고 점성이 강하다. 누구라도 풀리아 주를 여행하다 보면, 식사 때마다 추파나 세콘도와 함께 먹는 이곳의 맛있는 빵을 먹는 기쁨에 빠지고 말 것이다.

나는 오레키에테에 브로콜리와 아추게acciughe(앤초비)를 넣은 파스타를 먹으면서 이것이야 말로 진짜 파스타라고 생각했다. 풀리아의 신선한 파스타 프레스코pasta fresco(생파스타)에 아추게와 이곳의 토양이 키운 브로콜리를 넣어서 만든 이 맛은 정말 환상적이었다. 원재료만을 사용한 이 파스타야말로 남부 어머니의 손맛이 빚어 낸, 이탈리아 가정식의 진수가 아닌가 싶었다.

먹거리와 볼거리가 많은 덕분에, 풀리아 주에서 가장 풍요로운 시간을 누렸다.

가격이 저렴한 과일가게
내가 신세 진 테이블 세팅

풀리아 전통의 귀때기 파스타, 오레키에테

　이탈리아에 사는 동안 여러 주를 여행하였으나 풀리아 주는 이번에 처음 갔다. 친구 쥬시는 밀라노에서 사진을 가르치는 선생이다. 고향인 풀리아로 전근 신청을 해 놓은 상황이라서 날이 풀리면 나랑 같이 고향으로 내려가기로 했다. 그러나 그는 풀리아를 별로 좋아하지 않았다. 전근 신청을 해 놓고도 마음은 계속 갈팡질팡하고 있었다. 그것은 아직도 고향에 강하게 남아 있는 남성 위주의 매스큘리즘masculism 때문이었다. 쥬시는 풀리아 주의 남권주의를 몹시도 혐오하였다. 어렸을 때 다만 딸이라는 이유로 어머니에게서 차별 받은 상처에서 아직도 벗어나지 못했다. 그래서 어머니와의 관계가 소원하지만, 다행히 긴 시간 심리 상담을 받으면서 극복해 가는 중이었다. 어머니를 이해하고 사랑하려고 노력하고 있단다. 이것은 비단 쥬시만의 문제는 아닐 터이다. 꽤 많은 사람이 "가족"이라는 이름으로 부지불식간에 서로가 서로에게 상처를 주고 받으며 "사랑의 굴레"를 겪고 있음에야.

　내 여행의 종착지에서 바닷가 음식을 배우기 위해, 친구 어머니가 사는, 남부의 작은 도시 비셸리에에 결국 혼자 가게 되었다. 친구가 빠진 채로 어머니와 조촐한 동거를 시작하였다. 이탈리아는 어느 곳이나 자연경관이며 거리가 굉장히 예쁜데, 이곳 비셸리에는 달랐다. 어디를 가든 길거리에 쓰레기가 널려 있었다. 나폴리처럼 마피아와 연관된 곳도 아닌데, 쓰레기가 마구 나뒹구는 것을 보고는 그저 어안이 벙벙해졌다. 풀리아 주의 중심 도시인 바리도 마찬가지인 것을 보니, 이곳 사람들의 생활습관 탓인 듯했다. 이탈리아에서 가장 아름다운 토스카나와 움브리아에서 살다 온 나로서는 놀라웠다.

이탈리아 남부는 외세로부터 침략을 많이 당해 혼혈인이 아주 많다. 풀리아 주 사람들 역시 혼혈인이 많은 듯 이탈리아 중부나 북부 사람들과는 생김새가 달랐다. 남녀 모두 키가 작고 눈과 머리는 검은색이었다. 이탈리아 사람들이 대체로 성격이 밝고 유쾌한 것과 달리, 이들은 경계의 눈빛이 강했다. 다른 남부 지방을 여행할 것 같으면, 동양인에 대한 호기심으로 지도를 펼치기가 민망할 정도로 사람들이 몰려와 어디를 찾느냐고 말을 걸 테지만, 이곳 사람들은 "이 외국인이 여긴 왜 왔지" 하는 마땅찮아하는 눈빛을 보냈다.

내가 음식을 배우러 생소하고 불친절한 도시 비셸리에를 선택한 것은 풀리아 주가 해산물 요리가 유명하기 때문이었다. 또 거의 모든 가게마다 진열되어 있는, 파스타 면이 귀 모양으로 생긴 오레키에테orechiette(작은 귀) 파스타를 배우기 위해서였다.

고향집에 있는, 젊은 시절의 쥬시 사진.
쥬시의 엄마 마딸레나.

이곳은 오레키에테의 천국 같았다. 이탈리아 사람들은 어느 지역에 가든 셀 수 없을 만큼 다양한 종류의 파스타를 먹는다. 나비 모양, 애벌레 모양의 파스타도 있고, 펜네penne(굵고 짧은 관 모양으로 비스듬히 자른다), 링귀네, 피치, 푸실리(길고 굵으며, 타래송곳처럼 생겼다) 등등 참으로 다양하다. 그런데 오레키에테는 오직 풀리아 주에서만 먹는다. 쥬시 어머니에게 그 유래에 대해 물으니 잘 모른다고 했다. 다만 프랑스에서 중세시대부터 먹던, 메밀로 만든 크로세croxets 파스타가 앙주 지역에서 이탈리아 풀리아로 건너왔다는 설이 있다. 또 오레키에테와 모양이 비슷한 카바텔리cavatelli 파스타도 있다. 아무튼 나는 이곳에 내려올 때부터 작정한 대로, 친구 엄마 마달레나에게서 귀때기 모양의 파스타(오레키에테)를 배우기로 했다.

어느 날 아침, 마달레나가 파자마를 입은 채 나에게 오레키에테를 할 테니 배울 준비를 하라고 했다. 그 내 손 크기를 물어 보며 가르쳐 줄 준비를 마쳤다. 왜 이렇게 일찍 하느냐고 물으니, 지금 만들어서 말려야 점심 때 먹을 수 있단다. 아침 9시에 준비해서 만들어서 말리면 1시쯤에 먹을 수 있다며 서둘러야 한다고 했다. 나는 자다 말고 일어나서, 만들고 배우면서 사진을 찍기에 여념이 없었다.

오레키에테를 하려면 먼저 세몰라semola(듀럼 밀을 갈아 만든 밀가루로, 품질이 좋다) 밀가루와 따뜻한 물과 약간의 소금이 필요하다. 세몰라가 없으면 일반 밀가루를 써도 상관이 없다. 만드는 것을 보면 쉬울 것 같은데, 귀 모양을 만들기에는 상당한 숙련이 필요하다. 수제비를 얇게 뜨려면 숙달된 손놀림이 필요한 것과 같다. "오레키에테"를 만든다고 만들었는데, 비슷한 종류인 "카바텔로"라는 것을 만들고 말았다. 반죽을 조금 떼어 손가락 굵기보다 가늘고 길게 늘려 또각또각 잘라내 칼로 휙 뒤집으면 귀때기 모양이 된다고 하는데, 아무리 해도 나는 그 모양이 안 나왔다. 할 수 없이 어머니가 하는 것을 지켜만 보았다. 귀 모양으로 만들어 서너 시간 그늘에서 말렸다.

어머니가 이제 살짝 마른 것을 가지고 세상에서 가장 맛있는, 수제 "아추게(앤초비)가 들어간 브로콜리 오레키에테"를 만들어 먹자고 했다. '오잉, 어머니 그것은 또 무엇인가요?' 어머니는 내게 일단 말린 오레키에테를 한 소쿠리 가져오라고 했다. 나는 그늘에서 느긋하게 몸을 말리던 녀석들을 2인분 잡아왔다.

어머니와 나는 아추게와 브로콜리만 들어간, 김이 술술 피어오르는 뜨거운 파스타를 먹으며 아무런 이야기도 하지 않았다. 어찌나 신선하고 맛있는지 말할 겨를이 없었다. 멀리 이국에서 온 딸의 친구에게 어머니가 여러 번 물었다. "진짜 네 입맛에 맞아?" "어머니, 이런 거 처음 먹어 봤어요. 진짜 맛있어요." 나는 어머니에게 볼인사까지 하며 애교를 부렸다. 집에 늘 혼자 있는 마달레나가 얼굴이 슬퍼 보여서 더 그랬다. 친구 어머니인 것을 떠나서, 홀로 나이 먹어 가는 여인의 쓸쓸한 노년에 마음이 저렸다. 그래도 어머니는 나를 가르칠 때엔 새삼 얼굴에 생기가 돌고 활기찼다.

"가르쳐 주셔서 감사합니다. 마달레나 어머니."

오레키에테 콘 브로콜리 디 아추게 orecchiette con broccoli di acciughe

재료 오레키에테, 브로콜리, 아추게(앤초비), 올리브 기름, 소금, 빵가루

오레키에테 콘 브로콜리 디 아추게는 집집마다 하는 방식이 다르다. 쥬시의 엄마 마달레나가 만드는 방법은 이렇다.

1. 말린 오레키에테와 브로콜리를 소금을 넣은 팔팔 끓는 물에 같이 삶는다. 브로콜리가 물렁해지면 오레키에테도 익었는지 한 번 맛을 본 뒤, 채에 받쳐 꺼낸다.
2. 팬에 풀리아의 진한 올리브 기름을 두르고 삶은 오레키에테와 브로콜리를 넣고 비빈 뒤 아추게 하나를 손으로 잘라 넣고 섞는다. 그리고 어머니만의 비밀(실은 딸에게도 알려 주지 않는 비법)로 빵가루를 살짝 넣는다. 좀 찰지라고.

밀가루 반죽하기.
넓은 판에서 반죽을 길고 둥글게 만다.
잘 만들어진 오레키에테.
정말 귀 모양같이 생겼다.
완성된 오레키에테 파스타.

쥬시가 기억하는 엄마의 요리

내 친구 쥬시는 베지테리언이다. 열다섯살 때에 학교 친구 서너 명과 우연찮게 채식을 시작해 마흔이 넘은 지금까지 쭉 베지테리언으로 살고 있다. 쥬시도 열다섯 살까지는 고기를 먹었다.

칠 년 전에 쥬시를 마지막으로 봤을 때는 치즈와 계란, 우유는 먹었다. 그런데 이번에 다시 만나니 오로지 잡곡류와 빵, 견과류, 과일, 야채만 먹는 베가나vegana(완전한 채식주의)로 살고 있었다. 더욱이 십사 년 된 반려견도 채식으로 기르고 있었다. 개는 강요나 다름없는 베지터리언으로서의 생활을 몹시 힘들어하는 것 같았다. 내가 닭다리라도 뜯으면 이 개는 거의 제정신이 아니었다. 늙어서 눈이 멀어 앞을 보지 못하는데도 냄새를 맡고는 내게로 와서는 큰소리로 짖었다. 제발 고기 좀 먹자 하는 얼굴로.

세계적인 명소 알베로벨로의 기차역.
알베로벨로의 트룰리 앞.

사진학교 친구들에게 쥬시의 소식을 전했다. 대다수의 이탈리아 사람은 채식주의자들을 잘 이해하지 못한다. 심지어 그의 어머니 조차도. "육류문화권"인 이탈리아에서는 사람들이 고기를 거부하는 그들의 선택에 때로 분노마저 느낀다. 그들의 식탁에서 쥬시는 초라한 마이너리티로 전락했다. 쥬시는 번번이 도마 위에 오른 생선처럼 다수를 차지하는 육류 섭취자와 첨예하게 논쟁을 벌였다. 이 문제는 옳다 그르다라고 규정할 수 있는 사항이 아니다. 개인의 선택이기에 쟁점이 될 수 없다. 다만 같이 데리고 있는 개한테까지 채식을 강요하는 것만큼은 나도 반대했다. 그 개의 등쌀에 나도 어쩔 수 없이 쥬시네 집에서는 풀떼기로 연명할 수밖에 없었다.

베지테리언 쥬시가 아직도 생생하게 기억하는 엄마의 음식이 있었다. 추억의 음식을 얘기할 때 그는 무척이나 행복해 보였다. 풀리아에 가면 엄마한테서 꼭 배워야 하는 음식이라며 흥분하였다. 그것은 바로 홍합, 쌀, 감자 오븐구이였다. 풀리아에 도착해 나는 가방을 풀자마자 쥬시 어머니와 함께 해산물시장으로 달려갔다.

시장에서 어머니는 홍합의 입을 벌려 레몬즙을 짜 넣더니 그 신선한 홍합을 나에게 건네주었다. 싱싱한 굴은 초고추장에 찍어 먹어 봤으나, 익히지 않은 홍합은 먹어 본

홍합 요리

적이 없어서 조금 주저했더니 자꾸만 권했다. 사양하기도 민망해서 먹었는데 의외로 맛있었다. 홍합을 먹으며 어머니는 베지테리언인 당신 딸과는 나누지 못하는 소소한 즐거움에 행복해했다. 저녁으로 코체 cozze(홍합) 요리를 하기로 했다.

풀리아에서 오래 머물 수 없어서 자투리 시간을 이용하여 삼십 분쯤 떨어진 곳에 있는 알베로벨로alberobello에 다녀오기로 했다. 이곳은 관광도시로 꼭 둘러보아야 한다며 쥬시가 강력히 추천하였다. 기차에서 내리니 일찍이 본 적이 없는 동화 같은 마을이 눈앞에 펼쳐졌다. 탄성이 절로 나왔다. 바닷가도 아니고 내륙의 한복판에 이런 도시가 있을 줄이야. 유네스코가 지정한 이곳의 집들을 트룰리trulli라고 부른다. 트룰리는 선사시대 건축 기술이 고스란히 남아 있는, 석회암 주거지다. 보존을 잘 해서 지금도 사람이 살고 있었다. 놀라울 따름이었다. 여기저기 관광객이 붐비는데도 남부답지 않게 소란스럽지도 않았다. 아름답고 묘한 여운이 남는 도시였다.

이 아름다운 도시를 짧은 일정으로 샅샅이 둘러보지 못해 무척 아쉬웠다. 나를 기다리고 있을 홍합요리를 위안으로 삼으며 발걸음을 재촉했다.

집에 도착해 홍합의 안부부터 물었다. 아직도 싱싱하게 살아 있다고 했다. '드디어 홍합 요리를 시작해 볼까.' 홍합과 쌀, 감자로 만든 이 요리를 먹는데, 밥의 부드러움에 일단 마음을 빼앗겼다. 그리고 신선한 홍합은 입안에서 그냥 살살 녹았다. 적당히 익은 감자 또한 토마토 소스와 어우러져 맛이 그만이었다.

홍합 쌀 감자 오븐 요리(cozze patata al riso il forno)

재료 홍합, 감자, 쌀, 완숙 토마토, 양파, 방울토마토, 올리브 기름, 파르마 산 치즈

　　　 소금, 후추, 프레제몰로, 생모차렐라

1. 엄마와 나 두 사람을 위한 식사를 마련한다. 일단 홍합은 삶아서 알맹이를 체에 받쳐 건지고, 그 홍합 물은 따로 놓아 둔다.

2. 쌀에 토마토 소스를 넣고 물을 붓는다.

3. 자그마한 오븐팬에 양파와 방울토마토, 풀리아 주 올리브 기름을 넣고, 감자는 어슷어슷 썰어서 넣는다.

4. 3번 위에 토마토 소스에 흥건하게 젖은 쌀을 넣는다.

5. 4번 위에 다시 삶은 홍합과 홍합물을 넣고. 파르마 산 치즈를 잔뜩 갈아 넣는다.

6. 5번 위에 감자와 방울토마토를 어슷어슷 썰어서 더 올린다. 토마토 소스를 넣고, 파르마 산 치즈를 좀 더 갈아 넣은 뒤 후추를 뿌린다. 올리브 기름을 두 서너 번 뿌리고 생모차렐라가 있으면 잘라 넣는다. 프레제몰로도 한 움큼 넣는다.

7. 색과 향이 어울리게 손질을 한 뒤 오븐에 넣는다. 180도에서 40분 동안 익히는데 20분은 뚜껑을 닫고 요리를 하고, 나머지 20분은 뚜껑을 열고 요리를 해서 질척한 기운을 없애야 한다. 쌀과 홍합, 감자가 타지 않고 쫀득거릴 정도로 익힌다.

쌀에.토마토 소스와 물을 넣는다.
쌀 위에 감자, 홍합을 켜켜이 얹는다.
그 위에 홍합을 넣고 홍합물을 붓는다.
홍합, 쌀. 감자 오븐 요리 완성.

유네스코의 세계문화유산으로 지정된 알베로벨로 도시 풍경.

선사시대의 건축물인, 알베로벨로의 트룰리.

이탈리아 오징어순대

풀리아 주로 내려갔을 때에 마침 사순절 기간이었다. 가톨릭 국가이다 보니 "파스카pasqua(부활절)"와 "나탈레natale(크리스마스)"는 다른 명절보다 의미가 컸다. 가톨릭에서는 부활절을 앞둔 사십 일 동안을 "사순절"이라 하여 이 기간 동안 금요일마다 "금육과 금식"을 실천한다. 풀리아 주의 오징어순대가 바로 여기에서 유래했다. 사순절 기간 동안 고기를 먹으면 안 되니, 대체할 단백질 식품을 찾다가 오징어순대를 만들어 먹게 되었다는 게 이곳 사람들의 설명이었다. 생각해 보니 고기는 아니지만 오징어라면 파스타나 빵과 함께 먹어 배를 든든히 하기에 안성맞춤이었다.

오징어와 꼴뚜기 같은 것들이 풍요로운 바닷가 지역에서 때마침 부활절과 맞아떨어져 운 좋게도 이탈리아 오징어순대를 배우게 되었다. 부활절 일요일 점심으로 이 지역 사람 모두가 오징어순대를 먹기 때문에 이 기간에는 오징어 값이 두 배로 뛴다. 그래서 우리는 부활절 전에 신선한 생선이 들어오는 화요일에 장을 봐서 미리 오징어순대를 만들기로 하였다.

어머니랑 장을 보러 가는데, 내가 "맘마 맘마(엄마 엄마)" 하고 부르니, 어머니가 돌아보며 "왜 나에게 왜 계속 '엄마'라고 부르느냐"고 했다. 그래서

생선시장

"그럼 뭐라고 불러야 하냐"고 물으니, "마달레나 이름이 있잖아" 하셨다. 그에게 "엄마라고 해서 기분이 나빴냐"고 물었더니, "너무 좋아서 그런다" 고 하며 웃었다. "한국에서는 엄마 이름을 함부로 부를 수 없고, 반말을 하면 안 된다"고 일러 주었다. 그러고는 친구 엄마에게 더 살갑게 굴었다. 마달레나 엄마와 시장을 보러 가는데 나를 보고 여기저기서 놀리기도 하며 웃었다. 그야말로 동물원의 원숭이가 따로 없었다. 동양인이 거의 없는 남부의 작은 도시라서 그렇다. 게다가 사진기를 들고 다니니 몇몇 아저씨는 일부러 큰 생선을 골라 들고 포즈를 취해 주기까지 했다. 왁자지껄 시끄러운 남부의 전형적인 시장 풍경이었다. 마달레나는 콩나물 값을 깎는 우리네 엄마와 다르지 않았다. 요리조리 들여다보며 깐깐하게 골랐다. 나는 야채, 과일, 생선 등등 처음 보는 이상하게 생긴 녀석들을 신이 나서 열심히 찍었다. 바다가 달라서 그런지, 우리나라에 흔한 이면수나 갈치, 조기는 보이지 않았다. 모시조개와 홍합과 새우만이같은 모양새였다. 이놈들은 물도 가리지 않고 여기서나 저기서나 똑같다. 생선을 좋아하는 나는 침을 흘리며 어시장의 비린내를 즐겼다.

세피아 수고 알 리피에나seppia sugo al ripiena(일명 나의 오징어순대)는 비

쇼맨쉽이 강한 남부 사람들.
제법 무섭게 생긴 오징어.

록 이곳의 부활절 음식으로 특화되다시피 했지만, 이탈리아 전역에서 사랑을 받는 음식인 것 같았다. 페루자의 산 로렌초에서도 만들었고, 풀리아 주에 간다고 하니 이 음식을 꼭 배워서 오라며 다른 지역의 친구들이 신신당부를 한 것을 보면. '그렇게 맛있는 거란 말이지! 자, 그럼 어머니 이제 만들어 볼까.'

이곳의 오징어순대 역시 만들기가 매우 간단했다. 오징어의 부드 오징어순대 소스 파스타러운 육질에 빵가루와 치즈 그리고 계란과의 조합이 그럴 듯했다. 빵으로 속을 채웠는데, 이때 쓴 빵을 구할 수 없으면 어떻게 하냐고, 어머니에게 물으니, 그렇다면 아무 빵이나 써도 된다고 했다. 바라건대 빵이 달라도

비슷한 맛이기를…. 어쨌거나 오징어순대는 무엇보다 신선한 오징어가 맛을 내는 데 가장 중요해 보였다. 나는 아주 천천히 음미하며 혀로 맛을 기억해 두었다.

이탈리아 오징어순대(seppia sugo al ripiena)

재료 오징어, 계란, 빵가루, 프레제몰로, 소금, 후추, 양파, 토마토 소스, 올리브 기름

파르마 산 치즈, 이쑤시개, 수프용 파스타

1. 오목한 그릇에 빵가루를 넣고 계란 1개를 깨트려 넣는다. 소금과 후추를 넣고 파르마 산 치즈도 넣고, 프레제몰로는 다져서 넣어 오징어 속을 채울 재료를 준비한다.

2. 오징어는 껍질을 벗기고 내장을 깨끗이 비운다.

3. 깨끗하게 손질된 오징어 배에 속을 잘 넣고 속 재료가 나오지 않게 이쑤시개로 오징어를 꿰맨다.

4. 팬에 올리브 기름을 두른 뒤, 양파 반 개를 잘라 넣고 속을 채운 오징어를 넣는다. 어느 정도 살짝 오징어가 익으면 토마토 소스를 넣고 조금 바작바작 익힌 뒤, 물 한 컵을 넣고 30분가량 조린다. 토마토 소스와 오징어가 섞여 익는 냄새가 기가 막힌다.

5. 깊이가 깊은 다른 팬에다 소금을 넣고 파스타를 삶을 물을 준비한다..

6. 오징어순대가 익으면 접시에 담아서 칼과 포크로 오징어순대를 직접 잘라서 먹는다. 그러고는 오징어 순대를 빼낸 토마토 소스에 파스타를 넣어서 비벼 먹는다. 더러는 토마토 소스에 빵을 넣어 걸쭉하게 먹기도 한다.

빵가루에 계란을 넣는다.
오징에 속을 넣는다.
이쑤시개로 오징어를 봉합한다.
토마토 소스에 속을 채운 오징어를 익힌다.

풀리아에서는 모두가 한 손에 판체로토를 들고

밀라노 두오모 건너편에 있는 리나센테 백화점 뒷골목에 가면 "루이니 luini"라는, 유명한 판체로토 가게가 있다. 이 집이 얼마나 유명한지 기본으로 삼십 분은 기다려야 한다. 그것도 좌석도 없이 서서 먹는 곳인데 그렇다. 여름이고 겨울이고, 밤이나 낮이나 판체로토 하나를 먹으려고 사람들이 길거리에 줄을 선다. 판체로토panzerotto ("부풀어 오른 배"라는 뜻)는 피자의 일종이다. 피자 도우(pizza impasta)를 반으로 접어서 그 안에 모차렐라 치즈와 토마토 소스 또는 프로시우토와 치즈 등으로 입맛에 따라 원하는 것을 넣고 화덕에 굽거나 기름에 튀긴 것이다. 다른 지역에서는 칼초네calzone라고도 부른다.

판체로토

이 가게 주인 루이니는 풀리아 주 출신이다. 처음에 루이니의 할아버지가 1883년 풀리아 주에서 가게를 시작해 운영했으나, 루이니가 1949년에 밀라노로 옮겨서 운영하다가 그 부인 쥬세피나 루이니가 다시 물려받아서 지금까지 가게를 운영하고 있다. 밀라노 사람들은 처음에는 판체로토의 맛을 몰라서 먹지 않았다. 그랬던 것이 시간이 지나면서 차츰 그 맛에 빠져들어 요즈음은 식사 대신으로 먹을 만큼 인기가 높다. 아무튼 판체로토는 풀리아 주의 대표 음식이다.

허름한 "다 지노" 피체리아 가게 풍경

마달레나의 집 건너에 편에 다 지노Da zino라는 허름한 판체로토 집이 있다. 1970년부터 장사를 하였으니 족히 삼십 년은 넘은 집이다. 지노 할아버지를 비롯하여 많은 피차이올로들이 일을 하고 있다. 오래된 만큼 동네에서 유명한지 줄을 서서 먹을 정도였다. 어떤 맛인가 싶어서 큰 판체로토를 사서 먹었다. 1유로도 안 되는 값이었다. 과연 한입 베어 무는 순간, 쥬시가 왜 밀라노에서는 판체로토를 먹지 않는지 이해가 갔다. 튀긴 피자의 부드러운 맛은 말로는 설명할 수가 없다. 아마도 내가 세상에서 먹은 가장 맛있는 피자였다. 이 지역은 모차렐라 등 치즈로 아주 유명한데, 값마저 환상적으로 싸다. 야채의 질도 최고로 좋고, 게다가 맛있는 빵의 주산지다. 그 모든 것을 조합해 보니 판체로토가 맛이 없을 수가 없었다. 이탈리아 사람들이 늘 주장하는 신선하고 품질이 최상인 재료에서 최고의 음식이 나온 결과였다.

이미 몬테풀치아노에서 피자와 포카차 등을 만드는 법을 배운 터라, 이 지역의 유명한 판체로토에 대해서도 궁금증이 일었다. 이미 쥬시가 꼭 그 가게에서 배우라고 신신당부를 했던 바다. 쥬시의 이름을 대고, 다음 날 지노에게 갔다. 지난 일 년 이탈리아에서의 나의 여정을 얘기하고, 판체로토를 만드는 과정이 궁금하다고 하였다. 그는 의외로 한참 생각하더니, 얼굴에 알 수 없는 미심쩍은 표정을 한 채 내일부터 나와서 배우라고 허락을 하였다. 집으로 돌

반죽과 방망이.
반죽을 펴고 있다.

아와서 마달레나 엄마에게 그 얘기를 하니, 고개를 갸우뚱하며 나더러 운이
좋다고 했다.

두 명이 서 있기도 힘든 화덕 피자(pizza legna) 집에서 판체로토를 배우기
시작하였다. 좁은 공간에서 카메라와 노트를 들고 배우고 찍고 메모하고 하
려니 여간 힘든 게 아니었다. 더구나 점심, 저녁때마다 손님이 수십 명이 몰
려와서 배울 시간도 제대로 없었다. 며칠이 지나면서부터는 배우는 것도 불
분명해졌다. 무엇보다 이상한 건 지노가 가게를 비우면, 친절한 척하던 다른
피차이올로들이 사진을 찍는 내가 기술을 빼갈까 봐 너무도 전전긍긍하는 것
이었다. 이윽고 노골적으로 싫어하기 시작했다. 그래서 어느 날 그들에게 단
도직입으로 말했다. 지노가 허락한 일이고 배우기로 했는데 왜 그러냐고. 그
랬더니 이탈리아 사람들 아니랄까 봐, 딴청을 하며 얼버무렸다. 그 다음 날도
또 그 다음 날도 같은 행동의 연속이었다. 어쩔 수 없이 지노에게 그만 배우
겠다고 얘기를 하였다. 그는 매우 미안해하였지만, 나는 그들의 노하우를 빼
내는 도둑 같은 이미지는 싫다고 잘라 말했다. 이탈리아에서 일 년 동안 요리
를 배우는 동안에 처음 겪은 일이었다. 이 지역 사람들의 경계심을 짐작하고
도 남을 일이었다.

그렇게 일주일가량을 배운 뒤에 집으로 돌아왔다. 마달레나가 외지인을 처

피자 도우(임파스타).
판체로토를 콩기름에 튀긴다.

음부터 쉽게 받아들여서 이상하다고 생각했단다. 그들은 처음부터 가르쳐 줄 마음이 없었을 것이고 했다. 판체로토는 가정집에서 만들어 먹기 시작한 음식이니 당신에게서 배우라고 했다. 만들기가 아주 쉽다면서. 다 지노 가게 것도 맛있지만, 당신도 판체로토는 맛있게 만든다면서, 내일 아침 당장 만들어 보자고 했다. '역시 어머니가 최고야!' 만드는 방법은 이미 눈으로 다 보고 왔으니 이제 실습만이 필요했다.

　판체로토를 만들고 나서, 바로 만든 판체로토를 먹고 싶어서 그 자리에서 몇 개를 집어먹으니, 마달레나가 식탁보를 준비하라고 했다. 이곳 사람들은 식탁을 제대로 갖추지 않고 식사하는 법이 없었다. 깨끗하게 식탁을 정리하고 앉아서 먹으니, 과연 판체로토가 더 맛있게 느껴졌다. 한입 베어 물 때 딸려오는 치즈의 질감과 토마토 소스의 상큼한 맛이 일품이었다. 만일 신선한 재료만 갖출 수 있다면, 나도 한국의 루이니가 되고 싶었다.

판체로토panzerotto

재료 밀가루, 이스트, 설탕, 해바라기씨 기름, 모차렐라 치즈, 토마토 소스, 소금, 후추

1. 판체로토에 필요한 재료는 밀가루 400그램, 소금 한 숟가락쯤, 고체 이스트 반 개 정도, 약간의 설탕이 필요하다. 어머니들의 레시피는 대략 손 재량으로 이루어진다.

2. 밀가루에 따뜻한 물을 넣은 뒤에 소금과 이스트를 넣고, 그 위에 설탕을 조금 뿌린 뒤 반죽을 한다. 이 반죽 덩어리를 면포에 싸서 어둡고 따뜻한 곳에서 네 다섯 시간 넘게 놓아 둔다. 그러면 이스트가 발효되면서 반죽이 부풀어 오른다.

3. 네다섯 시간을 그렇게 숙성시켜 부풀어 오른 반죽을 반으로 자르고 또 잘라서 밀대로 동그랗게 만든다. 우리의 왕만두 피를 만들 듯이.

4. 동그랗게 펴 만들어 놓은 반죽 위에 저마다 원하는 것을 얹는다. 그러나 원 판제로토는 모차렐라 치즈와 토마토 소스를 넣어서 반으로 꾹꾹 접어 튀기면 그만이다. 마달레나는 후추도 살짝 뿌린다. 나는 프로시우토에 모차렐라가 들어간 것이 좋아서 그것들을 토핑으로 얹고 해바라기씨 기름이나 콩기름에서 튀겨 낸다.

밀가루 반죽.
네다섯 시간 숙성시킨다.
도우를 동그랗게 펴고 그 위에
속을 얹는다.
속을 넣은 도우를 반으로 접는다.
반으로 접은 도우에 토핑을 얹는다.

바다의 과일이라고? 리소토잖아!

친구들과 텔레비전 뉴스를 보는데 친구가 한마디 한다. 올해 이탈리아의 쌀 수요가 전년도에 비해 몹시 높아졌단다. 이탈리아에서도 이제는 쌀이 밀가루보다 몸에 더 좋다는 인식을 차츰 커진 까닭이었다. 이탈리아는 밀과 쌀 생산량이 풍부한데, 특히 북부 지역인 롬바르디아는 쌀 곡창지대다. 나는 이탈리아에 리소토risotto 말고 어떤 쌀 요리 더 있는지 궁금했다. 뜻밖에 종류가 굉장히 많았다. 그리고 그 가운데 향신료 샤프란(붓꽃과에 속하는 다년생 식물. 음식에 맛이나 색을 내는 데 쓰인다)으로 노랗게 색을 낸 밀라네제milanese(쌀로 만드는 리소토의 한 종류)는 관광객들이 꼭 먹고 가는 명물 음식이다.

슈퍼마켓에 가면 한쪽은 파스타가, 다른 한쪽은 주로 아침식사로 먹는 비스켓이나 부드러운 빵 종류가 진열되어 있다. 햄, 토마토 소스, 와인도 한쪽 벽면을 차지했다. 그리고 적지 않게 길쭉한 모양의 쌀, 동그란 모양의 쌀, 중국 사람들이 먹는 쌀, 리소토 쌀 등등 다양한 쌀이 진열되어 있었다. 나는 우리가 주로 먹는 동글동글한 쌀을 찾아서 고슬고슬하게 밥을 지어 먹곤 했다.

여기 사람들은 쌀로 어떤 음식을 만들어 먹나 살펴보았더니 리소토는 물론이고, 여름에는 인살라타insalata(샐러드)를 많이 해서 먹었다. 꽤 굵은 쌀이

슈퍼마켓의 진열대

나 보리 등을 쪄서 샐러드에 넣어 먹었다. 올리브 기름과 발사믹 식초와 소금으로 간을 맞추고, 다른 재료들과 섞어서 먹으면 맛이 끝내 주었다. 그들은 고기와 파스타를 많이 먹는 만큼 샐러드도 많이 먹었다. 토마토와 신선한 야채를 많이 먹고, 성격이 낙천적이어서 이탈리아 사람들이 병이 없고 수명이 긴 것은 아닐까 싶었다. 또 쌀로 만든 케이크도 있다. 라 브리촐라 레스토랑에서 여러 번 만들어 보았다. 쌀로 만든 케이크라면 당연히 떡인 줄 알았는데 어엿한 서양식 케이크였다. 쌀 케이크는 종류도 매우 다양했다. 이렇듯 의외로 쌀로 만드는 음식이 많았다. 그래도 "쌀요리" 하면 대표급인 리소토를 배워야 하지 않겠는가.

이탈리아에서는 버섯, 아스파라거스, 해산물 리소토를 많이들 먹었다. 그중 해산물 리소토에 도전하기로 했다. 리소티 디 프루티 디 마레risotti di frutti di mare! 해산물 리소토인데, 우리말로 옮기면 "바다의 과일을 넣은 리소토" 란 뜻이 된다. 이름이 예쁘다. 우리가 "굴"을 "바다의 우유"라고 표현하는 것과 같은 식이다. 신선한 홍합과 오징어를 비롯해 갖가지 해산물을 넣은 리소토, 그리고 신선한 홍합이 많으니 홍합 그라탕도 함께 만들어 보기로 했다.

해산물
리소토

모든 음식이 그렇듯이 그랑탕도 뜨거울 때 먹어야 가장 맛있다. 내가 좋아하는 쌀과 죽고 못 사는 해산물을 이탈리아의 바닷가 마을에서 먹으니 더 없이 행복했다. 쌀이라 술술 넘어가니 소화도 잘된다. 신나게 먹고 있자니, 어머니도 함께 먹으니 더 맛나다며 즐거워했다. 맞다, 밥은 여럿이 둘러앉아 왁자지껄하게 먹는 게 제맛이다.

해산물 리소토(risotti di frutti di mare)

재료 갖가지 해산물(홍합, 조개, 꼴뚜기, 잔새우, 오징어 등등), 올리브 기름, 매운 고추 2개, 쌀

화이트 와인, 리소토용 쌀, 프레제몰로, 토마토 소스, 소금

1. 갖가지 해산물을 한 그릇에 모아 놓고, 팬에 올리브 기름을 두르고 양파 반쪽을 볶는다.

2. 바다의 과일을 종류별로 넣고, 쌀도 넣고 같이 볶다가 화이트 와인을 넣고 나서 알콜 성분이 날아가면,

매콤한 것을 좋아하면 작은 고추 2개와 소금을 넣는다. 대개는 리소토를 하얗게 해 먹지만 마달레나는

토마토 소스를 조금 넣는다. 그리고 뜨거운 물을 부으면서 계속 저어 준다.

3. 쌀이 물을 빨아들여 어느 정도 질척해지고 살짝 익으면 접시에 담아서 먹는다. 생선이나 해물이 들어

간 음식에는 버터도 두르지 않고, 치즈 가루도 넣지 않는다. 조금은 알 덴떼 상태로 먹지만 어머니는

부드러운 것을 좋아해서 좀 더 익혀서 먹었다. 나는 알 덴테가 더 좋다.

4. 기호에 따라 이탈리아 사람들이 가장 좋아하는 프레제몰로를 듬뿍 넣어서 먹어도 좋다.

각종 해산물을 넣고 끓인다.
쌀을 넣고 같이 끓인다.
고슬고슬하지 않은 리소토.

홍합 그라탕(cozze al gratin)

재료 홍합, 빵가루, 프레제몰로, 마늘, 올리브 기름, 후추

1. 홍합을 깨끗이 닦는다.

2. 빵가루에 프레제몰로, 마늘 다진 것, 후추와 올리브 기름을 넣고 버무린다.

3. 입을 벌린 홍합 위에 2를 올려놓는다.

4. 오븐 팬에 올리브 기름을 바른 뒤 오븐에서 살짝 굽는다.

빵가루와 프레제몰로,
디진 마늘을 올리브 기름과 버무린 것을 홍합에 올린 뒤,
올리브 오일을 바른 뒤 살짝 굽는다.
왕성된 홍합그라탕.

생선 수프, 이렇게 쉬웠어?

　시골(풀리아 주)로 내려가기 전에, 시간이 나면 편안한 소파와 책으로 둘러싸인 펠트리넬리la Feltrinelli라는 이탈리아의 큰 서점에서 책도 읽고, 텔레비전 요리 채널도 보면서 시간을 보냈다. 서점에서는 거리낌 없이 책을 들고 편안하고 우아한 소파에서 하루 종일 시간을 보낼 수 있었다.

　이탈리아도 요리의 부흥 시기인 것 같았다. 예전에는 텔레비전에서 요리 프로를 거의 하지 않았는데 그즈음에는 "마스터 셰프 이탈리아"라든지, "빠르고 쉬운 오 분 완성"과 같은 프로그램을 꽤 많이 했다. 가끔 요리 프로를 보다 보면 피식 웃음이 나기도 했다. 가슴을 훤하게 드러낸 여자 연예인이 이것저것 기계를 돌리며 음식을 설명하는데, 문제는 모두가 요리를 보지 않고 그의 가슴을 보게 된다는 것이었다. 어쨌든 틈새 요리 방송이 꽤 많았다.

이탈리아의 대형 체인 서점 펠트리넬리.

서점에 가면 나는 당연히 요리책 코너로 갔다. 이 나라 요리책들은 엄청나게 화려했다. 이탈리아 요리가 세계적으로 유명해서 그런지, 그들이 음식에 남다른 열정을 가져서인지는 모르겠다. 요리책도 주제별로 잘 분류되어 있었다. 파스타가 한 벽면을 차지하고, 돌체, 빵, 피자, 초콜릿 서적이 또 한쪽 벽면에 빽빽이 쌓여 있었다. 정말이지, 이 화려하고 아름다운 책들을 바라바리 싸서 한국으로 가져오고 싶었다. 그러나 떠돌이의 삶임을 고려해서 가벼운 책 몇 권만 골랐다. 그 대신, 이런저런 책을 보다가 내가 원하는 레시피가 나오면 휴대전화기로 열심히 사진을 찍어 저장하곤 했다.

그중에서도 "생선 수프"가 있으면 사진을 찍고 레시피까지 놓치지 않고 적었다. 한국 사람들이 좋아할 음식이고, 생선이 흔한 우리나라에 안성맞춤이어서였다. 음식에 들어간 재료들을 보면 딱 우리네 "해물탕"이었다.

우리나라는 추운 겨울 때문인지, 아니면 석회 가루가 없는 좋은 물 때문인지는 몰라도 국물 음식이 유난히 많다. 그런데, 이 나라에는 추운 겨울에 먹기 좋은 뜨끈한 국물 음식이 리볼리타 말고는 거의 없었다. 그들은 추운 한겨울에도 뻣뻣한 피자나 파스타를 먹었다. 국물을 즐기지 않는 것은 비단 음식에서뿐만이 아니었다. 잠깐 바에서 일할 때 보니, 양이 적은 에스프레소 한 잔을 마시곤 다시 추위 속으로 총총 나가곤 했다. 차(il te)도 잘 마시지 않았다. 그나마 어른들은 카페에 들어와서 에스프레소라도 마시지만, 함께 데리고 온 어린아이들은 맨숭맨숭 맨입으로 있다가 나가는 것이었다.

뜨끈한 국물 음식을 좋아하는 한국 사람이 좋아함직한 이탈리아 음식이 바로 생선 수프다 싶었다. "추파 디 페셰zuppa di pesce(생선 수프)." 그래서 서점에 가서도 관심을 가지고 생선 수프 자료를 열심히 찾아본 것이었다. 그러

비셸리에의 특이한 화덕
화덕에 요리 준비 중이다

나 그것만으로는 충분할 턱이 없어, 마달레나 엄마에게 특별히 요청을 해서 생선 수프 만드는 법을 배우기로 했다.

드디어 생선 수프를 만드는 날, 바닷가에서 오 분가량 떨어진 시장에서 신선한 생선을 사서 곧바로 손질을 시작했다. 들어가는 생선은 만드는 사람 마음대로였다. 가재와, 새우, 돔, 작은 장어인 듯한 생선과 이름을 알 수 없는 넙치같이 생긴 녀석을 한 마리씩 샀다.

이 지방은 부엌 모양이 좀 특이했다. 아파트인데도 벽난로 같이 생긴 "화덕"이 집 안에 있었다. 그 화덕에서 음식을 하면 음식 냄새가 집안에 배지 않았다. 화덕 외에도 일반 가스레인지가 따로 있긴 한데, 어머니는 주로 그 화덕을 이용했다. 다른 집들도 대체로 비슷했다. 바닷가여서 해산물과 생선을 굽고 튀기는 음식이 많다 보니, 집 안에 냄새가 배지 않도록 화덕을 만들어 놓은 듯했다. 실제로 생선 비린내나 음식 냄새가 전혀 나지 않았다.

생선 수프를 아주 간단하게 배웠다. 들어가는 재료라고는 마늘 하나 으깬 것과 토마토, 프레제몰로 그리고 물뿐이었다. 그런데도 수프에서 비린 맛이 나지 않았다. 우리 해물탕처럼 맛은 풍성하지만 얼큰하지는 않았다. 대신 아주 담백했다. 토마토에서 우러난 깊은 맛과 더불어 신선한 해물과 생선의 자연 그대로의 맛을 즐길 수 있었다. 한국에서라면 여기에 매운 고추 두서너 개 더 넣으면 딱 좋을 듯싶었다.

생선 수프(zuppa di pesce)

재료 올리브 기름, 방울토마토, 마늘, 완숙 토마토 소스, 프레제몰로

각종 생선(돔, 작은 바닷가재, 새우, 등등), 소금, 후추

1. 올리브 기름을 두른 팬(깊은 것)에 마늘 한 개를 으깨어 넣고, 방울토마토를 네 조각으로 썰어서 프레제 몰로와 함께 볶는다.

2. 토마토가 어느 정도 익으면 2컵 반 정도의 물을 넣고 끓인다. 날 토마토를 써도 되고 완숙 토마토를 써도 된다. 소금을 조금 넣는다.

3. 익기 편하게 큰 생선부터 넣고 차례대로 작은 생선과 새우, 가재를 넣는다.

4. 생선이 다 익을 때까지 30여 분 끓인다.

5. 다른 한쪽에선 소금을 넣은 물을 끓여 수프용 파스타를 삶는다.

6. 생선 수프가 익으면 생선을 덜어서 각자 접시 위에서 먹는다. 그리고 새 접시에 생선 수프 국물에 파스타를 담아서 국물이 있는 파스타를 숟가락으로 떠먹는다.

손질해 놓은 가재와 새우.
깊은 팬에 물을 붓고 생선 수프를 끓인다.
완성된 생선 수프.
생선을 건져 먹고 난 수프에 파스타를 말아 먹는다.

재래시장의 과일전. 표주박 모양의 과일이 다름아닌 배다.

칼라브리아 지역의 특산품 치즈들.

칼라브리아;

칼라브리아 사람들,
로잔나 파우스토와 산과 바다를 누비다

Calabria

칼라브리아 주의 음식은

칼라브리아 주는 이탈리아 서남부 가장자리에 있다. 높은 산과 계곡이 발달했지만, 그와 더불어 선인장이 자라는 열대성 황무지도 있고 남국의 해안이 길게 이어져 있기도 하다. 이처럼 서로 상반된 자연 조건을 지닌 칼라브리아는 포도를 재배할 수 있는 땅이 많지는 않은데, 대부분 적포도주와 로제 와인(레드 와인용 포도로, 마지막 제조 과정에 화이트 와인 제조 방법을 사용하여 만든 와인)을 생산한다. 19세기가 되어서야 포도나무가 그리스로부터 들어와 포도주 문화가 늦게 정착된 편이다.

칼라브리아는 아랍의 영향을 받아서 이탈리아 전체에서 정복자 또는 이국의 맛이 가장 많이 풍기는 곳이라고들 한다. 오렌지와 레몬, 건포도, 아티쵸크 등이 유독 많다. 한편, 수도자들이 모여 사는 지방이 있는데 그곳의 우유나 치즈 같은 유제품은 맛있고 독특해 명품으로 널리 인정받고 있다. 나폴레옹 시절에 프랑스의 영향을 받은 곳이기도 해서 요리 용어나 기구들 이름에 프랑스 풍이 많다. 그런가 하면, 한때 스페인에 정복당한 적도 있다. 한마디로, 외세의 침입이 끊이지 않던 곳이다.

이탈리아는 어딜 가나 음식이 매운 곳은 거의 없다. 그런데 칼라브리아의 음식은 대체로 맵다. 우리나라처럼 고추나 고춧가루를 즐겨 쓸 뿐더러, 올리브 기름에 재어 둔 고추 따위의 매운 식품을 맘껏 즐길 수 있다. 한두 개의 페페론치노peperoncino(고추)로 기름향을 낸, 이곳의 파스타는 맛이 더없이 개운하다. 이곳에 사는 내 친구 로잔나는 한국 시골에서 흔히 볼 수 있듯이 말린 고추를 발코니에 늘 걸어 놓고 필요할 때마다 음식에 넣곤 한다. 나 또한 고추를 으깨서 기름에 절인, 고추장 비슷한 것을 사 가지고 가서 페루자 시절 내내 모든 음식에 넣어서 먹었다. 사실 매운 음식을 좋아하지 않는데도, 타향에서 내가 한국 사람임을 느끼고 싶을 때의 처방이랄까, 때로 그들보다 곱절은 맵게 음식을 요리해서 먹으면 속이 다 후련해지곤 했다.

칼라브리아의 특산물들인
치즈 고추 저장식품들.

다양한 병조림 식품,
상점, 빨래들을 파는가게, 발코니에
바구니 전형적인 마을풍경,
이탈리아 풍경

칼라브리아에서는 고춧가루가 꾹꾹 들어간 살라미나, 프로시우토, 치즈를 어렵지 않게 발견할 수 있다. 또, 날씨가 더운 지방이라서 그런지, 이곳은 저장식품의 천국이기도 하다. 올리브 열매나 정어리로 만든 병조림이며, 우리의 장아찌와 비슷한 갖가지 채소 초절임 등, 기호에 따라 손쉽게 안띠파스토로 즐길 수 있는 것이 많다. 계절에 따라 봄에는 산나물이나 아스파라거스를, 여름에는 가지, 피망, 호박 같은 여름 채소를, 가을에는 각종 버섯을, 겨울에는 아티쵸크나 서양 배추를 즐길 수 있다. 제철에 나는 재료로 만드는, 이른바 "웰빙 건강식"이 셀 수 없이 많다.

산이 많은 이곳은 우리나라 시골처럼 특산품이 발달했고, 그런 만큼 각 지역의 특산품을 파는 식료품점이 많다. 로잔나는 페루자로 돌아가는 나에게 칼라브리아 특산품을 선물해 주었다. 손수 만든 오렌지 잼, 매운 살라미, 고추 한 꾸러미, 올리브 기름에 재운 아티쵸크 등등, 친정 언니처럼 잔뜩 챙겨 주었다.

이곳의 바다와 산은 한국과 많이 비슷하다. 친구들과 산에 가서 삼림욕도 하고, 바닷가에서 한없이 석양을 바라보기도 했다. 이렇게 놀다가 집으로 돌아오면 언니 같은 친구는 맛있는 음식을 가르쳐 주었다. 더러 레스토랑에 가서 바닷가 음식을 실컷 즐기기도 했다. 차고 넘치는 대접을 친구들한테서 받으면 가슴이 고마움으로 먹먹해지곤 했다. 지구 반대편에 아직도 내 사진을 지갑 속에 넣고 다니는 친구들이 있어서 참으로 행복하다.

로잔나의 생파스타 특강

칼라브리아는 사진학교 동기 로잔나의 고향이다.

로잔나는 나와 동갑내기다. 그는 입학할 때 장학생으로 학비를 면제받았다. 그만큼 동기 중에서 실력이 월등했다. 사진 찍는 솜씨도 좋을 뿐더러 자기만의 사진 세계를 갖고 있었다. 졸업할 때에도 가장 먼저 "보그 이탈리아 VOGUE ITALY"에서 제의를 받고 사진을 찍었다. 그는 사진을 보는 안목도 탁월해 사진 비평에서도 능력을 발휘하곤 했다. 그러다 보니 때로 친구들 사진을 보고 악평을 해서 원성을 사기도 했다. 지금은 대학에서 학생들을 가르치고 있다.

로잔나는 완벽주의자인 한편, 말이 무지 많다. 그래서 때때로 그가 하는 말의 반은 귀담아 듣고 반은 흘려서 듣곤 했다.

스물살 시절의 로잔나.
로잔나와 아돌프.

십팔 년 지기인 로잔나는 오래된 포도주 같은 친구다. 사진만 잘 찍는 게 아니라 음식도 맛나게 잘한다. 내가 놀러간다고 기별을 하면 파스타 끓일 준비부터 한다. 이것이 이탈리아 남부의 인심이다. 남부 사람들은 한국 사람들하고 성향이 비슷한 데가 많다.

그의 전공은 광고 사진 분야인데, 졸업을 한 뒤에는 요리 사진을 주로 촬영하였다. 요리사와 푸드 스타일리스트의 도움을 받으며 요리 사진을 촬영하다 보니, 음식의 구성과 구도며 색의 조화까지 완벽함을 더하여 그는 "브라바brava(최고)"가 되었다. 타고난 요리 감각으로 음식을 잘 만드는 데에다 촬영을 하면서 더 많이 배워서 요리 솜씨가 가히 셰프 수준이었다. 내가 레스토랑에서 한창 요리를 배울 때는 그와 할 이야기가 무척 많았다. 이탈리아 사람들이라고 다 이탈리아 음식을 잘하는 것은 아닌데, 로잔나는 "훌륭한 사진가이자 요리사"였다. 예술가 중에 요리를 잘하는 사람이 많은 것을 보면, 확실히 요리는 예술과 일맥상통하는 부분이 있는 듯하다.

여름에 나는 그의 집이 있는 칼라브리아로 갔다. 페루자에 살고 있는 로잔나의 동생 파우스토와 함께 페루자에서 칼라브리아까지 자동차로 여덟 시간 동안 이탈리아 반도를 종단하며 남부로 내려갔다. 남부로 내려가는 길가 풍경이 참으로 아름다웠다. 로마와 나폴리를 지나며 멀리 베수비오 화산도 보고, 지도로만 보던 유명한 도시들을 어깨너머로 볼 때의 감동은 대단하였다. 더러 심심하면 로잔나 흉도 보다 보니 여덟 시간이 훌쩍 지나갔다.

로잔나는 동생과 나를 목이 빠지도록 기다렸다. 내가 로잔나를 보자마자 그동안 요리 잡지 사진을 촬영하며 보고 배운 요리 실력을 선보이라고 다그치자, 나에게 가르쳐 줄 목록을 벌써 다 적어 놓았다며 싱긋이 웃었다.

이탈리아 음식의 기본 중에서도 기본인 생파스타(pasta fresca)를 가르쳐 주겠단다. 지금 이탈리아 사람들은 생면을 거의 만들어 먹지 않지만, 우리네 엄마들이 기본으로 칼국수와 수제비 반죽을 할 줄 아는 것처럼, 이들도 모두 생면을 만들 줄은 안다. 생파스타를 만들려면 파스타 만드는 기계가 있어야 한다.

벌써 다른 한쪽에서는 흔히들 즐겨 먹는 라구 볼로네제ragu Bolognese 소스(쇠고기를 갈아서 토마토 소스와 함께 우려낸 소스)를 만들고 있었다.

생파스타를 뽑는 기계.

생파스타 탈리아텔레(pasta fresca Tagliatelle)

재료 밀가루(세몰라), 계란, 미온수, 파스타 기계

생파스타는 생각보다 복잡하지도 어렵지도 않다.

1. 생파스타를 만들려면 세몰라 밀가루를 쓴다. 없으면 일반 밀가루로 해도 된다. 밀가루 600그램에 계란 3개, 미지근한 물이 필요하다.

2. 세몰라 반죽을 둥그렇게 만들어서 가운데에 계란 3개를 깨뜨려 넣은 뒤에 미지근한 물을 넣고 다시 반죽을 한다. 반죽의 촉감은 너무 딱딱하지도, 너무 물렁하지도 않아야 한다. 반죽에 세몰라 가루를 묻혀 30여 분쯤 헝겊을 씌워서 놓아 둔다.

3. 숙성된 반죽을 네 덩어리로 잘라 파스타 기계에 넣어 납작하고 길게 만든다. 넓은 면에 세몰라 가루를 묻혀서 그늘에서 바람에 살짝 말린 뒤에 국수 뽑는 기계에 넣고 원하는 굵기의 파스타 모양으로 만든다. 기계에는 국수의 굵기를 선택하는 번호판이 있다. 원하는 굵기에 맞춰 뽑은 국수 가락은 세몰라 가루를 묻혀 서로 들러붙지 않게 한다. 그늘에서 어느 정도 말리면 빳빳한 국수가 된다.

그렇게 뽑은 국수를 그날 바로 라구 볼로네제에 비벼서 먹었다.

세몰라와 계란을 섞는다.
반죽은 너무 딱딱해도 물러도 안 된다.
반죽한 것을 한 30분쯤 헝겊을 씌워서 숙성시킨다.
뽑아 놓은 생면.

라구 볼로네제ragu Bolognese

재료 쇠고기 간 것, 양파, 토마토 소스, 적포도주, 샐러리, 당근, 소금, 후추, 올리브 기름

라구 소스는 대체로 야채 다진 것과 쇠고기 간 것을 기본으로 하고, 토마토 소스로 맛을 낸다. 우리나라에

가장 흔하게 알려진 파스타 소스다. 그중에서도 볼로냐 지역의 라구가 유명해서 그 방식대로 많이 한다.

1. 라구 소스를 끓일 넓은 솥에 올리브 기름을 두르고, 곱게 다진 양파를 볶는다.

2. 샐러리와 당근도 곱게 다져 넣고 함께 볶는다.

3. 그 다음 갈아놓은 고기를 넣고서 어느 정도 익힌 뒤에 소금과 후추를 뿌린다. 고기의 누린내를 없애기

   위해 포도주를 적당량 붓고 계속 끓이다가, 물기가 너무 졸았다 싶으면 그때마다 포도주를 적당히 더

   붓는다. 백포도주, 적포도주 중 어느 것을 써도 괜찮다.

4. 토마토 소스 한 병을 다 넣는다.

5. 물을 반 병 넣고, 1시간에서 1시간 반쯤 뭉근하게 끓인다. 토마토 소스는 오래 끓일수록 맛이 진하고

   좋다.

불 위에서 라구 소스를 끓이고 있다.
길에서 꺾어 온 양귀비꽃으로 식탁을
장식했다.

재래시장의 시칠리아 토마토.

토마토 저장법

이탈리아 하면 누구나 쉽게 떠올리는 이미지로 로마의 콜로세움, 바티칸의 천지창조, 베네치아의 곤돌라, 시끄러운 나폴리, 영화 "로마의 휴일"에서 오드리 헵번이 손을 넣은 "진실의 입" 등이 있을 것이다. 그러나 나는 이탈리아 하면 맨 먼저 "토마토"를 꼽는다.

길을 걷다 보면 예쁜 과일가게들을 자주 마주치는데, 과일가게의 절반 이상을 토마토가 차지한다. 이탈리아 말로 포모도로 pomodoro라고 하는 토마토는 피자, 파스타, 스파게티 등 여러 이탈리아 음식에 기본으로 쓰인다. 생모차렐라에 토마토를 쓱쓱 잘라서 올리브 오일을 두르고, 생바실리코basilico(바질) 몇 장을 뜯어서 올리고, 소금을 살짝 뿌려 먹는 "카프레제caprese"는 세콘도 피아토로 먹을 만큼 이탈리아 사람들이 좋아한다. 이탈리아의 토양과 포모도

썰어 놓은 생토마토.
카프레제.

다양한 종류의 토마토.
엄청나게 큰 토마토.
방울토마토 펠라토pelato.
바실리코basilico(바질).

로가 잘 맞는지, 토마토 살이 쫀득쫀득하고 달다.

토마토를 많이 먹는 만큼 당연히 저장 방법도 다양하게 발달했다. 예전에
는 집집마다 토마토 소스를 저장해 놓고 두고두고 먹었다. 바쁜 현대 사회에
서는 그렇게 할 수 없지만. 대신에 슈퍼마켓에 가면 갖가지 종류의 토마토 소
스가 병과 캔에 고이 담겨 어마어마한 양이 진열되어 있다.

남부 시골에 내려가니 그곳에서는 아직도 할머니들이 재래식 방법으로 토
마토를 저장하기도 했다. 그리고 바로 집 앞에 토마토 짜는 기계며 저장 용기
따위를 파는 가게가 있었다. 신이 나서 이것저것 둘러보고 나서, 한참을 망설
이다 결국 파스타 만드는 기계를 하나 샀다.

토마토를 짜는 기계.
재래식 토마토 저장 법.

로잔나는 채소가게에서 다양한 종류의 토마토를 사서 한국에서는 팔지 않
는 토마토 소스 저장 방법을 가르쳐 주었다. 음식 맛을 좌우하는 것은 재료
다. 그중에서도 이탈리아 음식의 가장 중요한 기본은 토마토 소스와 올리브
기름 그리고 치즈다. 이 세 가지 재료를 제대로 구할 수만 있다면 이탈리아
음식은 이미 절반은 성공한 셈이다. 그러니 레스토랑을 하는 사람들이든 개
인이든 품질 좋은 신선한 재료에 목숨을 걸밖에.

껍질을 벗긴 토마토를 약한 불에서 뭉근하게 끓인다.
끓인 토마토를 병에 담는다.
맨 위를 생바질로 덮는다.
저장할 토마토 소스를 담은 병을 솥에 넣고 30분쯤 끓인다.

  토마토 소스가 거의 다 됐다 싶으면, 다른 한 편에서는 커다란 솥에 물을 끓이고, 토마토 소스를 담은 병을 뚜껑을 닫고서 솥에 넣고 삼십 분쯤 삶는다. 병 안에 있는 공기가 다 빠져나갔는지 병뚜껑을 확인한다. 이렇게 깨끗하게 손질한 병에 저장된 토마토 소스는 쉽사리 변질되지 않는다. 친구 말로는 압축을 잘해 햇볕이 들지 않는 곳에 보관하면 일 년도 넘게 쓸 수 있다고 했다.

  내가 일한 레스토랑들은 가장 좋은 메이커의 토마토 소스를 썼다. 펠라토pelato(껍질을 벗긴 길쭉한 토마토)를 넓은 솥에 양파 한두 개와 같이 넣고 올리브 오일에 볶다가, 한두 시간 정도 낮은 불에서 끓인 뒤 뭉개어서 갈아 놓은 것을 저장했다가, 필요할 때마다 썼다. 토마토 소스는 오래 끓일수록 진하고 맛있다. 또 더러는 콘첸트라토 concentrato(토마토 농축액)를 쓰기도 했다. 셰프들의 말에 따르면, 토마토 소스 한 숟가락을 만들려면 대여섯 개의 토마토가 필요하다. 소스의 적절한 농도는 우리의 고추장과 비슷하다. 고추장을 숟가락으로 떴을 때의 되직함을 생각하면 된다.

토마토 소스 저장법 세 가지

1. 포모도리노pomodorino는 방울토마토다. 단단하며 달고 맛있는 것으로 고른다. 토마토를 반으로 잘라 씨를 모두 빼낸다. 물기 없는 병에 꾹꾹 눌러 담는데 사이사이에 생바실리코(생바질)를 같이 넣어 준다. 이탈리아에서는 방울토마토 소스로 파스타를 해 먹는 경우가 많다.

2. 이탈리아 슈퍼마켓에서 흔히 보는, 긴 병에 들어 있는 포모도로 펠라토pomodoro pelato는 껍질을 벗긴 토마토로 약간 길쭉길쭉하게 생겼다. 토마토를 끓는 물에 살짝 넣었다가 5분쯤 뒤에 꺼내서 찬물에 넣으면 껍질이 쉽게 벗겨진다. 이것 또한 긴 병에 꾹꾹 눌러 담는데 사이사이에 생바실리코를 넣는다.

3. 폴파 디 포모도로polpa di pomodoro는 토마토 과즙이다. 토마토가 우리나라 토마토처럼 물이 많고 찰지지 않을 때에 만드는 소스다. 뜨거운 물에 넣었다가 찬물에 담근 뒤 껍질을 벗기고서 토마토를 믹서에 간다. 믹서에 간 것을 병에 담고 마찬가지로 생바실리코를 사이사이에 넣는다.

끓는 물에 토마토를 살짝 담갔다가 꺼낸 뒤 껍질을 벗긴다.
껍질을 벗긴 토마토를 물기 없는 병에 꾹꾹 눌러 담는다.
중간중간 생바실리코를 넣는다.

베지테리언을 위한 음식

　이탈리아 친구 중에 베지테리언이 여럿이었다. 나는 한국이 채소를 많이 먹는 나라라고 생각해서 베지테리언 친구들이 한국에 오면 무난히 잘 지내다 갈 것이라 짐작했다. 그런데 된장, 고추장 등으로 간을 맞추는 갖가지 나물 무침과 국, 찌개 따위가 있긴 하지만, 사찰 음식이 아닌 다음에야 일반 가정에서 베지테리언들을 초대해서 대접할 만한 음식이 그리 많지 않다. 김치도 젓갈이 많이 들어가서 온전한 베지테리언 식품은 아니다. 된장찌개도 모시조개나 멸치를 넣고 우려야 맛이 나고, 나물도 액젓을 조금 넣으면 더 맛있다. 채식주의자 친구들이 집에 오면 어떤 음식을 만들어 줄까 고민하다가 불현듯 채소와 두부를 요리하여 대접하면 되겠구나 싶었다. 하지만 날마다 같은 메뉴를 줄수도 없는 노릇이다. 베지테리언을 손님으로 맞이하기가 의외로 어렵고 까다롭다.

　요즘 베지테리언들을 위한 음식점이 생겨나고, 천연 조미료만으로 맛을 내는 집도 늘어나고 있지만 아직도 극소수에 불과하다. 한국에 사는 베지테리언들의 고통이 심하다고 들었다. 서양 사람들은 고기와 치즈를 많이 먹을 거라 생각하지만 내 주변에는 채소 위주로 식사하는 사람이 꽤 많다. 나도 고기를 그리 즐겨 먹는 편은 아니다. 그렇지만 이탈리아에서 살라미나 프로시우토 햄도 먹지 않는다면야 군이 이탈리아에 있을 필요가 없겠다 싶다.

채식 위주의 식사는 영양이 균형을 이루지 못해 몸에 좋지 않다고 더러 채식주의자들을 공격하는 이들이 있다. 이 말이 옳은지는 잘 모르겠다. 덩치가 큰 코끼리도 덩치로 본다면야 고기를 먹어야겠지만 채식주의자다. 또 사찰의 스님들도 채식주의자다. 아무튼 채식주의자 친구들을 식사에 초대할 때에는 신경이 쓰이는 것이 사실이다. 우리나라에서야 잡곡밥에 두부, 콩나물, 시금치 무침, 도라지 무침 등의 갖가지 나물류와 먹을 수 있지만, 이탈리아에서는 그런 음식이 거의 없다. 요즈음은 이탈리아 레스토랑에도 메뉴에 베지테리언들을 배려한 메뉴 몇 가지가 꼭 있다. 라 브리촐라에도 세 가지가 있었다. 지금 유럽에서는 광우병에 대한 두려움과 아주 열악한 환경에서 자라는 동물들에 대한 공포와 안타까움으로 베지테리언들이 점점 더 늘어나고 있다.

자주 만나던 쥬시, 바올라, 파우스토도 베지테리언이었다. 그래서 우리끼리의 식사도 언제나 신경이 쓰였다. 한국식 식사를 할 때 내가 볶음밥이나 야채가 듬뿍 들어간 비빔밥을 해 주면 이 친구들은 맛있다고 아우성을 쳤다. 쥬시는 이제는 아예 베가나가 되어 음식의 위기를 더 심각하게 느끼고 있었다. 견과류와 과일, 잡곡으로 단백질을 보충하고, 부족한 부분은 약으로 대체하고 있다. 나는 그 친구들 덕분에 베지테리언의 고충을 충분히 안다. 조만간 만들 내 레스토랑에서는 베지테리언들이 소외되지 않도록 열과 성을 다해 좋은 음식을 마련할 생각이다.

로잔나가 자신의 동생 파우스토를 위해 만든 야채 라구 스파게티가 있다. 고기가 전혀 들어가지 않은, 채소만으로 만든 파스타다. 맛있는 올리브 기름과 야채로 맛을 낸, 누나의 사랑이 담긴 베지테리언 파스타다.

당근.
껍질 완두콩.
호박꽃잎.
올리브 기름에 구운 야채들.

야채 리구 파스타.
강낭콩으로 만드는 파스타 소스.
파지올리(fagioli('흰두콩') 수프.
페스토 제네베제.

탈리아텔레 라구 디 베르두라tagliatelle ragu di verdura(야채 라구 스파게티)

재료 당근, 샐러리, 양파, 호박, 바실리코(비질), 커리, 치즈 가루

1. 당근, 샐러리, 양파, 호박, 피망을 다진다.

2. 다진 채소에 커리 가루를 조금 넣고 볶는다.

3. 볶은 채소에 바실리코 한 장을 잘게 잘라 넣고, 소금과 후추로 간을 한다.

4. 삶은 면과 볶은 채소를 섞고 파르마 산 치즈를 넣고 같이 비벼서 먹는다.

페스토 알라 제노베제pesto alla genovese

재료 바실리코, 생마늘, 올리브 오일, 소금, 파마산 치즈, 잣

1. 신선한 생바실리코를 준비한다.

2. 믹서에 생바실리코와 파르마 산 치즈, 잣, 마늘, 올리브 기름, 소금을 넣고 간다. 그러면 페스토 알라 제노베제가 만들어진 것이다.

3. 원하는 종류의 파스타를 선택해 삶는다. 뜨거운 면에 페스토 알라 제노베재를 넣고 비벼 먹는다.

완두콩 파스타(pasta di fagioli)

재료 양파, 매운 고추, 하루 전날 불린 콩, 토마토 소스, 수프용 파스타, 파르마 산 치즈

1. 오목한 팬에 올리브 기름을 두른다. 양파와 매운 고추 두서너 개를 넣어 매운향을 내며 같이 볶는다.

2. 콩은 하루 전날 불린 것을 쓴다(캔에 들어 있는 것을 써도 괜찮다). 팬에 콩을 넣고 물을 좀 넣는다. 어
   느 정도 혼합물이 뒤섞여 익어 가면, 토마토 소스와 함께 물을 더 넣고, 소금도 조금 넣는다.

3. 작은 별 모양 파스타나 마카로니 등 수프용 파스타를 좋아하는 것으로 골라, 팬에 넣고 물기가 자작자
   작 해질 때까지 끓인다. 다 되면, 파르마 산 치즈를 뿌리고 먹는다.

파스타 디 베르두라 미스타pasta di verdura mista

재료 양파, 피망, 가지, 호박, 토마토, 각종 채소, 소금, 후추, 월계수 잎, 마지오라나(통후추와 비슷한 향신료)

1. 양파, 피망, 가지, 호박, 토마토를 소금과 후추로 간을 맞추고 월계수 잎, 마지오라나 등을 넣고 오븐에
   서 굽는다.

2. 자기가 좋아하는 파스타를 정해 오븐에서 알맞게 구운 야채와 함께 비벼 먹는다.

냉면만큼 시원한 냉파스타 샐러드

우리가 푹푹 찌는 여름 더위에도 밥은 따뜻하게 해서 먹듯이 이탈리아 사람들도 파스타는 바로 만들어서 따뜻하게 먹는다. 또 우리의 여름철 찬 음식으로 냉면, 비빔국수, 콩국수, 초계국수 따위가 있듯이, 이 나라에도 차게 해서 먹는 파스타가 있다. 차게 먹는 파스타는 아무래도 우리에게는 생소하다. 차가운 파스타는 레스토랑 메뉴에서는 거의 찾을 수 없지만, 가정에서는 즐겨 먹는 여름 음식이다. 반찬을 파는 "로스체리아la rosticceria(반찬가게)"에도 찬 파스타가 꽤 있다. 차게 먹는 파스타는 보통 샐러드 파스타다. 이 샐러드 파스타는 만들기가 간단한데, 우리나라에 덜 알려진 만큼 특별한 별미가 될 수 있을 것이다. 여러 명의 손님을 초대해 손쉽게 먹을 수 있는 파티용으로도 무난하다.

로잔나 집 베란다의 식탁.
올리브 기름 병.

마차 바퀴모양의 냉파스타.

이탈리아 친구들은 내가 한국으로 돌아가서 레스토랑을 연다면 진짜 올리브 기름을 구할 수 있느냐고 가끔씩 애가 끓게 물어 보곤 했다. 그러면 나는 "그대들이 직접 보내 주든지, 아니면 너희 동네 농가에서 직거래로 수입하겠노라"고 대답했다. 언젠가 말이 나온 김에 친구들과 함께 바로 인터넷으로 세금 관계나 수입 절차에 관한 것들을 알아 보았다. 그러다가 한국이 올리브 기름 수입국 5위 안에 든다는 사실을 알게 되었다. 친구들도, 나도 그 사실에 놀라워했다. '언제 우리나라가 이렇게 큰 올리브 기름 수입국이 되었지?' 가정에서도, 예전에는 콩기름을 주로 썼지만, 요즘에는 포도씨 기름, 카놀라 기름과 함께 올리브 기름을 많이 쓰기도 하고, 또 이탈리아 음식도 많이 즐기는 까닭이리라. 몇 해 전, 우리 엄마도 "이게 그렇게 몸에 좋단다" 하면서 올리브 기름을 자랑스레 썼다.

한국의 대기업들이 앞다투어 올리브 기름, 포도씨 기름을 만들지만 이탈리아에 살아 본 사람이라면 그것은 올리브 오일이 아니라고 당당히 말할 수 있다. 맛이 아주 다르다. 이곳에서도 슈퍼마켓에 가면 올리브 기름 전쟁이 가열찼다. 생산 도시까지 밝히며 서로들 진짜 100퍼센트라고 말을 하지만 그것은 아무도 모른다. 올리브 농장을 하는 토스카나 친구가 한결같이 그것들은 허울만 올리브 기름이지 가짜라고 했다. 순수 100퍼센트 올리브 기름이 아니라

올리브 열매.
수많은 종류의 올리브 기름.

이것저것을 섞은 것이라는 것이었다. 토스카나의 라 브리촐라 레스토랑에서 일할 때, 가을이 지나면서부터는 브루스케타나 인살라타에는 갓 짠 올리브 기름을 반드시 넣었다. 토스카나의 올리브 수확철이 되면 그들은 새로 짠 올리브 기름 홍보에 여념이 없었다. 상점마다 빵과 함께 올리브 기름을 시식하는 곳이 있었다. 올리브 기름이 이탈리아 요리에서 가장 기본이기 때문이다. 올리브 기름을 슈퍼마켓에서 산 것만 먹다가, 친구 엄마들이 갓 짜서 보내 준 진짜를 먹어 보면 확연히 맛이 달랐다.

올리브 기름 얘기가 나온 김에 냉파스타를 만들기로 하였다. 이 냉파스타는 무엇보다 올리브 기름의 맛이 아주 중요하다.

오래된 친구와 도란도란 이야기를 하면서 음식을 만들었다. 남부 이탈리아의 신선한 공기를 마시며 테라스에 앉아 냉파스타를 먹으며 와인을 마셨다. 우리가 처음 만났던 18년 전으로 거슬러 올라가서 시간의 공백을 끝없는 수다로 메웠다. 그렇게 칼라브리아에서 여름을 보냈다.

'친구야, 너를 알게 된 인연이 참 신기하고 고맙구나.'

인살라타 디 파스타insalata di pasta

재료 케이퍼, 참치, 작은 오이 피클, 병조림 버섯, 훈제 치즈, 올리브(검은색 또는 초록색)

피망, 매운 고추 작은 것

1. 넓은 볼에 이 재료들을 골고루 네모나게 잘라 넣는다. 참치는 기름을 빼고, 오이 피클은 잘게 자른다. 씨를 뺀 올리브도 넣는다. 치즈는 깍둑썰기를 한다. 피망은 구운 뒤에 껍질을 까서 네모나게 잘라서 넣는다. 소금에 절인 케이퍼는 충분히 물에 담가 놓았다가 으깨서 넣는다. 바실리코도 화분에서 몇 장을 뜯어와 잘게 썰어서 넣는다.

2. 갓 짠 신선한 올리브 기름을 충분히 두른다. 소금을 조금 넣는다.

3. 냉파스타이니, 국수 가락이 긴 스파게티보다는 펜네, 차바퀴 모양, 나비 모양 파스타 등 작고 귀여운 파스타를 사용해 보자.

4. 마차 바퀴 모양을 골라서 알 덴테(조금 덜 익은 상태)로 삶아서 찬물에 씻는다. 뜨거운 파스타는 면을 씻지 않지만, 냉파스타는 찬물에 씻는다. 우리가 비빔국수 만들 때 국수를 삶은 뒤 찬물에 씻듯이.

5. 그리고 1과 2에서 준비한 것을 쏟아 함께 섞은 뒤, 방울토마토를 반으로 잘라 위에 얹어서 장식한다.

6. 그 위에 신선한 올리브 기름을 다시 조금 더 넣어서 비벼 먹는다.

피망을 굽는다.
소금에 절인 케이퍼.
오이 피클을 잘게 자른다.
바퀴 모양의 파스타를 섞는다.
완성된 냉파스타.

가난한 연인의 요리

파우스토와 바올라는 십오 년 동안 동거해 온 부부인데 얼마 전에 결혼식을 올렸다. 로잔나의 동생인 파우스토는 삼 년 전부터 페루자의 "아이비엠 이탈리아IBM Italia"에서 일했다. 내 첫 일터인 산 로렌초로 일하러 가기로 한 첫날, 그곳에서 열 발자국쯤 떨어진 곳에서 결혼식을 했다. 나는 근무 첫날이라서 너무나 무서운 시모네에게 결혼식에 가겠다는 말을 할 수가 없었다. 그들의 결혼식에 참석하지 못하는 아쉬움을 뒤로 한 채, 어두운 쿠치나에서 바짝 긴장하며 하루를 보냈다.

이탈리아의 가장 보편화된 생활문화 가운데 하나가 "동거문화"다. 나의 오랜 친구들도 그렇게 살고 있다. 오래 전부터 이 나라에서는 동거가 보편화되었다. 결혼을 하는 사람이 오히려 드물다. 대부분 십 년 넘게 함께 살면서도

바올라.
요리를 하는 파우스토.

그냥 지내다가, 자식이 생기거나 법적으로 인정받고 싶을 경우 시청에 가서 혼인서약을 한다. 산 로렌초 레스토랑 건너편이 시청이어서, 토요일이면 동거 부부들이 더러 자식까지 데리고 와서 결혼식을 하는 광경을 자주 보았다. 영국 황실 사람들이나 입을 법한 화려한 원피스와 모자로 한껏 멋을 낸 신부를 보는 재미가 꽤 쏠쏠했다.

파우스토 집은 페루자에서 구비오라는 도시로 가는 길 중간쯤에 있었다. 움브리아 엽서에서 흔히 보는, 올리브나무와 해바라기가 끝없이 이어지는 들판을 하염없이 지나다 보면 잣나무와 큰 소나무가 있는 두 갈래길 끝에 그의 집이 있었다. 족히 오백 년은 넘은 집이었다. 집 안에는 지금은 잠겨 있지만 조그만 성당도 있었다. 집이라기보다는 작은 성이었다. 파우스토 내외는 그 큰 집에서 일층만 쓰고, 나머지 층들은 빈 채로 두었다. 이웃은 자동차로 삼십여 분쯤 떨어진 곳에 드문드문 있었다.

이들이 이 캄파냐campagna(교외 지역, 전원)를 선택한 데에는 까닭이 있었다. 고양이 스물다섯 마리와 개 두 마리와 함께 살기 때문이었다. 이렇게 동물들과 대식구가 된 데는 파우스토의 여린 마음이 한몫했다. 길거리에서 교통사고를 당해 크게 다친 동물들을 하나씩 하나씩 구해서 데려오다 보니 숫

영화의 배경으로 나오기도 한 끝없이 펼쳐진 해바라기꽃. 오백 년쯤 된 파우스토의 집.

자가 이렇게 늘었다고 했다. 처음에는 시내 아파트에 살았는데, 동물들과 함께 살기에는 한계가 있어서 시골로 이사를 온 것이었다. 아무튼 그들은 매우 만족해하며 행복한 전원생활을 누리고 있었다. 파우스토의 고양이 사랑은 눈물겨웠다. 주인한테서 버림받고 사고를 당한 것들이라서 몸이 정상적인 것은 거의 없었다. 애꾸눈, 절름발이, 꼬리가 잘린 놈, 아예 눈이 없는 놈, 귀가 잘린 놈 등등….

이 부부는 동물 구호를 시작하면서 본격적인 채식주의자가 되었다. 그들은 더 나이가 들어 은퇴하면 그때는 버려진 동물들을 데려다 보호하는 동물보호소를 본격적으로 운영할 계획을 갖고 있었다. 비단 동물뿐이 아니었다. 바올라는 화분을 살 때도 죽어 가는 것을 사서 정성을 들여 살려 내곤 했다. 그들 이야기를 듣노라니 화분 하나를 사도 좀 더 크고 싱싱한 놈을 고르려고 애쓰는 내 모습이 갑자기 초라하게 느껴졌다.

그들은 나를 저녁 식사에 자주 초대했다. 별이 쏟아지는 밤이나, 달이 휘황한 밤에 집 안마당에 촛불을 켜 놓고 식사를 했다. 그럴 때면 우리가 우아하게 밥을 먹기 위해, 동물들에게는 미리 밥을 주었다. 그러나 이놈들은 자신들의 식사가 양이 차지 않았는지, 식탁 옆으로 한 놈씩 몰려들더니 어느새 열

파우스토 집의 개와 고양이들.

마리쯤 와서 앉는다. 나는 처음에는 고양이가 무서워 기겁을 했지만 자주 보다 보니 곧 정이 들었다. 그런데 이 고양이들이 약아서 주인의 접시는 감히 욕심내지 못하고 만만한 객의 접시에 있는 음식을 몰래몰래 채 가곤 했다. 나는 음식에 고양이털이 빠질까 봐 소리를 질렀다. 바올라가 소리를 지르며 고양이들을 쫓아내고, 녀석들은 달아나기 바빴다. 밥을 입으로 먹는지, 코로 먹는지 모를 정도로 정신이 하나도 없었다. 그런 소동에도 파우스토는 그저 행복한 얼굴로 고양이들을 쳐다볼 뿐이었다.

우리는 직접 기른 유기농 채소 샐러드와 치즈에 와인을 먹으며 식사를 마치고 자리를 옮겼다. 집 한쪽에 있는 언덕 위에 가서 파우스토가 펴 놓은 넓은 안락의자에서 디저트를 먹으면서 밤하늘을 올려다보았다. 오리온, 페가수스 등등 별자리를 찾아보기도 하며 두런두런 이야기를 나누었다. 숲 속에서 온갖 곤충이 노래를 했다. 전원에서의 식사는 매우 단출했다. 간단한 감자나 호박으로 소박하게 먹는 채식주의자들의 음식에는 또 다른 무언가가 있었다. 그 무엇도 도축하지 않은 청정함.

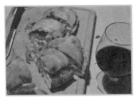

안티파스토로 나온 브루스케타.
베지테리언을 위한 야채 요리.

파우스토와 바올라의 호박 파스타(pasta di zucchine)

샐러드 재료 갖은 야채, 피망, 오이, 버섯, 견과류, 치즈, 올리브 등등

호박 파스타 재료 이탈리아 호박(쥬키니), 올리브 기름, 고르곤졸라 치즈, 소금, 후추, 파스타, 원하는 허브

프리타타 재료 계란, 시금치, 올리브 기름, 원하는 허브 조금

1. 먼저 간단한 샐러드부터 시작한다. 라투가lattuga(샐러드용 상추)를 자르고 피망, 오이, 생버섯을 얇게
   썰어 넣고, 훈제 치즈도 넣고, 발사믹과 올리브 기름, 소금과 갖가지 견과류를 넣는다. 특히 아몬드나
   해바라기씨 등은 고기를 먹지 않는 이들에게 단백질을 제공한다.

2. 그 다음은 간단한 "쥬키니 파스타". 이탈리아 호박은 한국 호박보다 좀 얇고 잘다. 올리브 기름을 두른
   팬에 호박을 동그랗게 잘라서 넣고 뚜껑을 닫고 익힌다. 어느 정도 호박이 익으면 소금을 약간 넣고,
   파란 곰팡이가 핀 고른곤졸라gorgonzola 치즈를 호박에 넣고 녹인다. 삶은 펜네나 푸실리 등을 넣고
   함께 비빈 뒤에 파르마 산 치즈를 듬뿍 뿌려서 먹는다.

3. 세콘도로 고기 요리 대신에 이탈리아식 프리타타frittata(오믈렛)를 준비한다. 프리타타는 이탈리아 사
   람들이 즐겨 먹는 것 중 하나로, 여러 가지가 있다. 올리브 기름에 얇게 썬 호박이나 양파 또는 시금치
   등을 익히고 계란을 넣어서 동그랗게 부쳐 낸다. 간단하지만 맛이 좋다. 호박 프리타타, 양파 프리타
   타, 시금치 프리타타가 있다. 우리의 부침개나 계란말이와 비슷하다.

화박과 갖가지 야채로 요리하는 중.
호박과 고르곤졸라 치즈로 만든 파스타.
호박 프리타타.

남부 티롤;

알프스 내 마음의 고향,
나의 두번째 가족

South Tirol

알토-아디제의 음식은

티롤은 알프스 산맥을 끼고 남부 오스트리아 티롤과 북부 이탈리아 티롤로 나뉜다. 1차 세계 대전에서 패전국이 된 오스트리아는 생제르망 조약의 체결에 의해 티롤을 두 동강을 내어서 티롤 남부를 이탈리아에 내주었다. 따라서 이곳은 이탈리아, 오스트리아, 독일 문화가 뒤섞여 있다. 주민들의 언어는 독일어다. 도로의 이정표도 독일어와 이탈리아어 두 가지 언어로 표기되어 있다.

만화 영화 하이디의 배경이 된 알프스의 한 자락 알토-아디제에 나의 친구 잉겔 집이 있다. 살찐 젖소들이 한가롭게 초원을 뛰어다니고, 어디를 가든 탐스러운 사과가 주렁주렁 달려 있다. 고랭지라서 사과 밭이 남부의 오렌지 밭만큼이나 많다. 하이디의 고향을 가 보지 않은 사람들은 푸른 초원이 아름답다고만 생각할 것이다. 그러나 이곳은 젖소를 키우는 곳이기에 동네에 들어서면 소똥 냄새가 코를 움켜쥐게 만든다. 아름다운 푸른 초원 속에는 썩은 두엄도 함께 공존한다. 친구들과 마을을 산책하면, 파란 눈에 금발을 한 키 큰 청년들이 장화를 신고 외양간에서 일을 하다가 힐끔거리며 나를 쳐다보곤 한다.

이곳은 오지 중의 오지다. 동네 사람들은 대부분 낙농업에 종사한다. 소똥 냄새가 좀 나기는 하지만 세계에서 가장 눈의 질이 좋은 스키장이 곳곳에 널려 있어서 숙박업에 종사하는 이들도 많다. 친구 집 주변에는 수영장까지 갖춘 유명한 호텔이 꽤 많다.

친구 어머니 엘리사벳

이곳의 음식은 몹시 단출한 편이다. 유목민의 후예이기도 하거니와, 청빈하고 소박한 가톨릭 정신이 배어 있기 때문이다. 아침과 저녁 식사는 차나 커피 또는 우유에 버터 바른 빵을, 점심은 꼭 수프와 함께 뜨거운 음식을 먹는다. 빵은 일반 밀보다도 잡곡류가 포함된 빵을 많이 먹는다. 이탈리아 다른 지역 음식과는 질적으로도 양적으로도 다르다. 남부에서 온 친구들은 티롤에 갔다가 그들과 전혀 다른 식사 문화와 소량의 간단한 식사에 놀라서 혼비백산해서 도망 왔다고 했다. 식사 시간이 정확한 것은 물론이려니와, 안티파스토, 프리모, 세콘도, 치즈, 돌체, 까페 순서로 음식을 코스에 따라 늘어놓고 먹는 법도 없다. 일종의 피아토 우니코piatto unico(일품요리)처럼 한 접시에 두서너 가지 음식을 조합해서 먹는다. 크라우티에 소세지나 다른 고기류, 감자나 인살라타 등을 곁들여서 먹는다. 파스타를 먹기는 하지만 주식은 아니다.

점심으로는 흔히들 크라우티crauti(절인 양배추)에 고기류나 수프를 함께 먹는다. 크라우티는 내게 아주 익숙한 음식이다. 한국의 김치처럼 신맛이 나게 발효시킨 양배추 절임으로, 피클과 함께 서양의 대표적인 절임 음식이다. 크라우티 만드는 법은 의외로 간단하다. 양배추를 이삼 센티미터 너비로 썰어서 소금을 뿌려서 절인 뒤, 월계수잎과 회향 풀을 넣고 돌로 눌러 놓고 발효시킨다. 푹 삶아서 이 곳의 대표 음식인 카네데를리와 함께 먹기도 하지만, 날로 먹는 경우가 더 많다. 카네데를리는 마른 빵을 잘게 잘라서 살라미와 계란을 넣고 버무려서 동그랗게 빚은 뒤 찜기에 쪄서 먹는다.

카네데를리와 크라우티
수선화로 장식한 식탁

내가 티롤을 간 때가 부활절 기간이어서 친구 어머니 엘리사벳은 끊임없이 음식을 만들었다. 나에게 요리를 가르쳐 주랴, 부활절 계란 등 그들의 명절 음식을 만들랴 정신없이 바빴다.

4월인데도 진눈깨비가 제법 왔다. 집에서 가까운 성당에서 미사를 드렸다. 성당은 이탈리아에서 흔히 보는 건축양식이 아니다. 성당 밖에서 사람들이 장미를 신문지에 싸서 팔고 있다. 한 단에 15유로나 했다. 잉겔 어머니가 50유로를 내고 세 단을 샀다. 이 장미는 암 환자들을 위한 모금이라고 한다. 집으로 돌아오니 나무를 때는 벽난로 온기가 집 안에 가득했다. 명절 음식을 앞에 두고 오랫동안 못 보던 자식과 친지들과 끝없는 대화를 나눈다. 이탈리아 말과 독일 말이 뒤섞여 춤을 춘다. 밖에는 햇살 쏟아지는 파란 알프스의 하늘이 고개를 내밀고 있다. 서울에서 스무 시간 남짓 떨어진 이곳, 신선한 공기와 깨끗한 음식 덕분에 몸과 마음이 가벼워짐을 느낀다.

성당의 종탑들
성당에서 미사를 마친 뒤
밀라노 카타리나의 부활절 음식

알프스 소녀

    잉겔은 나의 단짝 친구로 실과 바늘 같은 사이다. 밀라노 사진학교에 입학했을 때였다. 그 무렵 나는 페루자에서 여섯 달 동안 언어 공부를 마치고 올라왔지만 모든 것이 힘들었다. 말도 서툴고, 도시에 대한 정보도 거의 없었다. 학교는 더더욱 적응하기가 힘들었다. 이탈리아 본토 학생들이 대부분인 학교에 덜렁 입학하니, 나의 이탈리아어 수준으로는 수업을 따라가기 너무 어려웠다. 학급에는 외국인이 거의 없었고, 동양인 학생은 나 하나였다. 수업이 시작되면 선생님은 나를 한번 보고는 비교적 천천히 설명을 하였다. 그렇게 정신없이 몇 주가 지났을 무렵, 얼굴이 하얗고 애티가 나는 친구가 내게 노트 한 권을 내밀었다. 여태까지의 수업 내용을 적은 것이었다. 내가 못 알아들었을 것 같아서 준다면서 참고하라고 했다. 들여다보니 빼곡히 적힌 손글씨가 더 읽기가 어려웠다. 그래도 나는 고마운 마음에 그날부터 그와 친구가 되었다. 잉겔과 친해진 뒤로 나의 이탈리아 말은 일취월장하였다.

    1학년 학기 중간에 성인 축제일과 주말이 겹쳐서 꽤 긴 방학에 들어간 적이 있었다. 무엇을 할까 고민을 하는데, 잉겔이 자기 집에 가자고 했다. 딱히 할일도 없어서 함께 가기로 했는데, 가는 길이 천 리였다. 기차를 세 번 갈아타고도 더 가야 했다. 볼자노라는 곳을 지나면서부터는 여기저기에서 툭툭

세계적으로 유명한 스키장이 있는
브루구지오.

독일 말이 들렸다.

'이탈리아와는 분위기도 다르고, 아니 도대체 어디 사는 거지.' 그렇게 두 번 더 버스를 갈아타고 끝없는 사과 밭을 지나니 그제야 차 한 대가 우리를 마중 나와 있었다. 잉겔 부모님이었다. 그러고도 삼십 분가량 구불구불 산길을 갔다. 젖소도 만나고, 푸른 초원에 노니는 말도 보면서 여기도 이탈리아인가 싶었다. 꽝장히 높은 산들이 계속 우리를 따라왔다. 산이 왜 이렇게 높으냐고 물으니까 바로 알프스라고 했다. 말로만 듣던 알프스가 눈앞에 끝도 없이 펼쳐져 있었다.

잉겔 부모님의 젊은 시절 사진.
이제 노년에 접어든 잉겔 부모님.

다시 만난 부모님은 이제는 할머니 할아버지가 되어 있었다. 온화한 미소는 여전했다. 어머니는 이곳 음식은 배울 만한 것이 없다면서 무엇을 가르쳐 줘야 할지 난감해했다. 이미 내가 다른 친구들 고향과 레스토랑을 두루 다니다 온 것을 알고, 단출하고 소박한 이 지역 음식을 조금 부끄러워했다. 나는 여기에서 평소 먹는 음식을 가르쳐 달라고 말씀드렸다. 그러자 한국으로 돌아가면 이 다양하고 많은 치즈를 어디에서 구하냐며 걱정했다. 어머니는 한참을 고민하다가, 이곳이 낙농을 많이 하니 집에서 간단히 만들 수 있는 리코타 치즈ricotta cheese를 가르쳐 주겠단다. 그러면서도 너무 단순한데 가르쳐 줄 거나 있겠나 싶은 모양이었다.

리코타 치즈의 기원은 라틴과 지중해 연안의 역사에서 찾아 볼 수 있는데, 로마의 한 시골에서 기원했다고 전해진다. 리코타 치즈는 본디 로마의 양젖에서 나온 유청을 가지고 만든다. 유청은 치즈를 만들 때 나오는 맑은 노란색 물이다. 유청을 그대로 버리면 하수 시설이나 강을 오염시킬 수 있어, 지금도 그렇듯이 옛날에도 골칫거리였다고 한다. 리코타 치즈는 지방 함량은 낮으면서 영양이 풍부하고 맑고 투명한 액체를 치즈로 탈바꿈시킨 것이다. 리코타 ricotta는 "끓이다"라는 뜻으로, 리코타가 만들어지는 과정을 말한다.

이 리코타 치즈는 이탈리아 음식의 많은 부분에 속재료로 쓰이고, 야채와 함께 신선하게 리코타 샐러드를 만들어 먹을 수도 있다. 실제로 레스토랑에서 리코타 치즈를 쓰는 양은 엄청나다. 구운 야채와 함께 말아서 안티파스토를 만들기도 하고, 칸넬로니를 할 때는 속으로 쓰기도 한다. 시모네 셰프는 리코타를 젤라또 숟가락으로 떠서 꿀을 곁들여 갖은 야채와 내기도 했다.

하얀 눈처럼 고슬고슬한 리코타 치즈. 우리나라에서도 흔한 우유로 이 한 가지 치즈쯤은 가볍게 만들 수 있다는 생각에 콧노래가 절로 나왔다.

검소한 식사 세팅
햇볕을 쬐고 있는 알프스의 강아지

리코타 프레스카 ricotta fresca

재료 우유, 식초

1. 우유 1리터를 불 위에 올려놓는다.

2. 우유가 팔팔 끓을 때, 식초를 넣고 포크로 휘젓는다. 식초는 반드시 100퍼센트 천연 성분으로 된 것을
   사용한다. 화학식초를 쓰면 안 된다.

3. 우유가 응고되면 물을 따라 버린다. 10여 분쯤 식힌 뒤에 냉장고에서 휴식을 취하게 한다.

4. 리코타 치즈는 사용하기 하루 전날 만드는 것이 가장 좋다.

5. 먹다 남은 우유, 상하기 일보 직전의 우유를 활용할 수 있다는 장점이 있다.

우유를 충분히 끓인다.
끓는 중간에 와인 식초를 넣는다.
다양한 요리에 속재료나 고명으로
쓰이는 리코타 치즈.

식빵의 변신은 무죄

　서울로 돌아오기 전에 마지막으로 시간을 보낸 곳이 이탈리아 북부 국경지대에 있는 "알토·아디제"였다. "높은 산과 강"이라는 뜻으로, 알프스의 한 자락이다. 이곳을 마지막 여정으로 잡은 까닭은 일 년 동안 분주했던 몸과 마음을 쉬고 싶기도 했고, 또 언제 다시 볼지 모르는 내 친구 잉겔과 좀 더 시간을 보내고 싶었기 때문이다.

　그동안 만난 이들의 이름을 다 열거할 수 없을 만큼 소중한 인연에 감사한다. 더러는 친구로 남고, 더러는 연락만 주고받고, 아예 만나지 못하는 이도 있을 것이다. 이탈리아에 있는 동안 내가 가는 길마다 주단이 깔려 있는 곳은 없었다. 단지 열심히 하려는 "마음과 의지"를 읽은 분들이 나에게 기회를 주었을 뿐이다. 고마운 일이다. 음식을 배우며 사람 입으로 들어가는 것들에 대한 새로운 생각과 경외심을 갖게 되었다.

　그러는 동안 쌓인 지난 일 년의 피로를 여기 알프스 산에 내려놓고 가기로 했다. 그래서 꼭 음식을 배우겠다는 생각 없이 양지 바른 곳에서 졸거나 먼 산을 내다보며 하루하루 지냈다. 잉겔 어머니 엘리사벳이 며칠 동안 여러 번 먹은 카네데를리를 가르쳐 주겠다고 했다. 말은 그리 하지 않았지만, 풀리아에서 쥬시 어머니가 바닷가 음식을 가르쳐 준 것을 알고 은근히 부담을 느낀 듯했다.

아마도 카네데를리 콘 크라우티canederli con crauti는 내가 이탈리아에서 배우는 마지막 음식이 될 것이었다. 우리나라에서도 쉽게 재료를 구해서 만들 수 있거니와 재활용 음식의 일등 공신이 될 수 있었다. 여기서는 이 지역 특산품 빵으로 만들지만, 다른 곳에서는 그냥 자주 먹는 일반 식빵으로도 가능하고, 바게트가 있다면 더 안성맞춤이라고 했다.

"까카네데를리canederli"는 이탈리아 이름이고, 독일어 이름은 "크뇌델knödel"이다. "크뇌델"은 남부 독일에서 유래된 말로 고기, 감자, 빵 부스러기 따위로 만든 경단 또는 만두를 일컫는 말이다. 맑은 국물에 띄워서 먹기도 하고 굽거나 쪄서도 먹는다.

맛은 흡사 우리나라 고기 야채빵 같아서 맛이 친숙했다. 양배추 절임 크라우티와 곁들여 먹는데, 통후추를 넣고 오래도록 냄비에서 많이 고아서 무르게 먹는다. 그런데 나는 크라우티는 불 위에서 고아서 먹는 것보다 익히지 않고 아삭하게 먹는 것이 훨씬 맛있다.

집에서 바라본 알프스.
잉겔의 조카와 친구들.

카네데를리는 골칫덩이가 되기 십상인, 묵어서 굳어진 빵의 화려한 변신이라고 함직하다. 모양이 참으로 예뻤다.

다음 날 잉겔 언니가 우리를 초대했는데 또 카네데를리가 나왔다. 어제 먹었다고 하니, 만드는 사람마다 맛이 다 다르다며 먹어 보라고 했다. 정말 맛이 달랐다. 이 지역 특산품 중 가장 값비싼 것 축에 드는 흰색 아스파라거스와 살사 볼차노salsa bolzano도 선보였다. 내 평생 흰색 아스파라거스는 처음 보았다. 이 지역에서만 재배가 되고, 기르기가 까다로워서 값이 몹시 비싸다고 했다. 아스파라거스는 껍질을 벗기고, 살짝 물에 넣어 익히면 된다.

이 지방 음식문화의 이채로운 점 가운데 또 한 가지가, 한국의 스파게티 집에서 꼭 나오는 오이 피클을 즐겨 먹는다는 점이었다. 이곳은 우리 입맛에 맞는 크라우티, 피클, 양파 장아찌 같은 저장식품을 많이 먹는다.

카네데를리 콘 크라우티|canederli con crauti

재료 마른 빵, 온갖 종류의 살라미나 프로시우토, 원하는 허브, 계란, 우유, 소금

1. 바게트나 오래되어 말라 버린 식빵을 아주 잘게 네모나게 잘라 준다.

2. 온갖 살라미 종류를 잘게 자른다. 기름기가 붙어 있는 것은 팬에서 기름기를 살짝 녹여 없애고 순 살코

   기만을 넣는다.

3. 화단이나 화분에서 기르는 허브 중에서 원하는 것을 몇 잎 뜯어서 넣는다.

4. 우유에 계란 3개를 넣고 뒤섞는다. 여기에 앞 1, 2, 3의 재료를 모두 쏟아 붓고 섞어서 반죽한다.

5. 4의 반죽이 좀 질다 싶으면 밀가루를 조금 넣어도 괜찮다.

6. 경단을 만들 듯 반죽을 동그랗게 굴려 놓는다.

7. 찜기에 넣고 찐다. 냄비에서 수증기가 올라오면 불을 끈다.

   쪄서 먹기도 하고, 올리브 기름에 지져 먹기도 한다.

살라미를 잘게 다지듯 썬다.
잘게 썬 빵과 섞는다. 살라미, 허브를 섞는다.
우유와 계란을 넣고 잘 섞으며 반죽한다.
꽃으로 장식한 카네데를리.

살사 볼차노salsa bolzano

이탈리아 북부의 도시 볼차노Bolzano에서 비롯한 소스(salsa)여서 그런 이름이 붙은 듯하다.

재료 계란, 식초, 세나페senape(겨자), 소금, 후추, 파, 올리브 오일. 흰색 아스파라거스

1. 계란 4개, 식초 한 숟가락, 세나페 한 숟가락, 소금, 후추, 파, 올리브 기름을 준비한다.

2. 계란을 삶아서 흰자와 노른자를 분리한다.

3. 계란 노른자 4개에 식초, 소금, 후추, 세나페를 섞는다. 걸쭉한 크림이 될 때까지 저으며 섞는다.

4. 그 속에 삶은 계란 흰자를 잘게 잘라 같이 넣으면, 살사 볼차노가 완성된다.

삶은 흰색 아스파라거스를 살사 볼차노에 찍어 먹는다.

수프에 얹은 카네데를리.
살사 볼차노를 곁들인 흰색 아스파라거스.

베지테리언을 위한, 또 다른 카네데를리canederli

재료 마른 빵, 우유, 계란, 까망베르 치즈, 소금, 올리브 기름

이 집에도 베지테리언이 한 명 있었다. 그를 위한 엄마의 배려로 또 다른 카네데를리를 만들었다.

1. 모든 과정은 똑같으나, 우유와 살라미의 조합 대신에, 우유와 까망베르 치즈를 불 위에서 살짝 녹인다.
   나머지 과정은 똑같다.

2. 이것은 차가워지면 불 위에 올린 팬에 올리브 기름을 두르고 발사믹을 조금 뿌려서 지져 먹으면 아주
   맛있다.

우유, 계란을 섞는다.
우유와 까망베르치즈를 함께 녹인다.
잘게 잘라 놓은 식빵에 까망베르 치즈 녹인 것을 붓는다.

에필로그 >>> 이탈리아에서 서울로

밀라노에서 행복한 백수로 지내다

움브리아와 토스카나 두 곳에서 스테이지를 마치자 긴장이 풀리면서 건강에 적신호가 왔다. 면역력이 떨어져 두드러기가 생기고, 몹시 피곤하였다. 일 년 동안의 육체노동으로 체력이 고갈된 것이었다. 그도 그럴 것이 단조롭고 바쁜 셰프 생활은 운동을 할 여가도 없었다. 또 연말연시를 기점으로 레스토랑은 그 어느 때보다도 바빴다. 더구나 두 번째로 머문 몬테풀치아노는 도시가 산 정상에 있어서 겨울이면 해를 보는 날이 드문 데에다 안개가 자주 끼는 날씨여서 더욱 건강에 악영향을 끼쳤다.

몬테풀치아노에서 내가 얻은 집은 난방은 훌륭했지만, 조그마한 창문으로 햇살이 한 줌 정도만 들어올 뿐, 페루자에서처럼 햇빛이 찬란하게 들어오지 않았다. 때마침 한국에서 간간이 오던 돈도 거의 떨어져 가고 있었다. 모든 것이 나를 우울하게 만들었다. 이번 이탈리아 여정에서 나는 거의 돈을 쓰지 않았다. 식비가 따로 들지 않았고, 중부 도시의 물가와 집세는 생각보다 쌌다.

몬테풀치아노는 겨울이 길고, 젊은이들이 모이는 곳도 없어서 일이 끝난 뒤에 딱히 갈 만한 곳이 없는 것도 내 우울함의 원인이었다. 나는 친구 잉겔에게 울먹이며 전화를 했다. 그런데 하루가 지나지 않아서, 다른 친구 쥬시한테서 전화가 왔다. 사진학교 동기들은 내가 이탈리아 땅에 떨어지면서부터 나에 대해서 촉각을 곤두세우고 있었다. 왜 아니 그러하겠는

가. 나도 이탈리아 친구가 한국에 와서 충청도 어디쯤에서 외롭게 배회하고 있다면 그럴 것이다. 쥬시가 모든 일이 끝났으면, 당장 짐을 싸서 밀라노로 오라고 성화였다. 나는 짐을 정리하고 방을 빼서 가겠노라고 했다.

토스카나 산자락에서 긴 여정을 거쳐 대도시 밀라노에 도착했다. 밀라노 기차역에 도착하니 금세 생기가 돌았다. 젊은 시절에 나에게 "사진"이라는 새로운 세계를 펼쳐 보여 준 곳이 바로 이곳 밀라노다. 조용한 중부 도시를 벗어나 와글와글 사람이 많은 곳으로 오니 마치 서울에 있는 듯한 착각에 빠져들었다. 나는 어쩔 수 없이 서울에서 태어난 "도시 촌년"이었던 것이다. 전차를 타고 쥬시네 집에 도착하니, 친언니처럼 나를 반기며 안아 주었다. 그날 밤, 밤새도록 밀린 이야기를 나누었다. 일주일을 그렇게 수다를 떨며 지냈다.

나를 본 쥬시는 나를 야단쳤다. 힘든 일들을 끝냈으니 이제는 무조건 쉬라고 했다. 밀라노에는 쥬시 말고도 로잔나와 다른 동기생들이 여전히 살고 있었다. 일을 배우는 즐거움도 크지만, 휴식의 평화 또한 달콤했다. 나는 다시 물 만난 고기 같았다. 한 달짜리 교통 패스를 끊고 도시 여기저기를 둘러보았다. 음식을 하는 요리사도 사진가도 아니었다. 그냥 백수 여행자로 친구 집에 머물며 돌아다녔다.

날이 풀리면 쥬시의 고향 풀리아 바닷가로 가기로 했다. 그동안의 수고

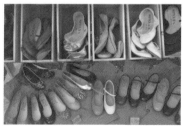

마리아 델레 그라치에 성당.
밀라노 거리.
하루에 두 번 맞는 고장난 시계
브레라 앞의 신발 가게.

와 노동이 내게 쉴 수 있는 자유를 주었다. 책도 읽으며 내 시간을 갖기 시작했다. 한 손에는 후배가 선물한 「게으름에 대한 찬양」이라는 책을 들고 다녔다. 내가 노는 것은 정당하며, 우리 모두 즐길 줄 알아야 한다고 소리쳐 말하고 싶었다. 「게으름에 대한 찬양」에 이런 이야기가 있었다.

"나폴리를 여행하다가(무솔리니 시대 이전의 일이었다) 햇빛 아래 누워 있는 열두 명의 걸인과 마주쳤다. 그는 가장 게으른 걸인에게 1리라를 주겠다고 했다. 그중 열한 명이 벌떡 일어나 자기가 갖겠다고 하자, 그는 여전히 누워 있는 열두 번째 걸인에게 돈을 주었다."

그 여행객의 판단은 정확했다. 나는 밀라노에서 열두 번째 걸인이 되기로 했다.

날마다 한가롭게 거리를 쏘다니며 밀라노 여기저기를 훑고 다녔다. 예전에는 복원 중이어서 보지 못한 레오나르도 다빈치의 "최후의 만찬"을

레오나르도 다빈치의
최후의 만찬이 있는 박물관.
국립미술대학 브레라.

보고, 무료 전시를 찾아다니고, 졸업한 사진학교도 둘러보았다. 사진학교 동창들도 다시 만나 즐거운 시간을 보냈다.

나는 햇빛을 받으며 브레라(밀라노 국립미술대)로 달려가서 파니니를 먹기도 하고, 밀라노에서 가장 아름다운 곳 중의 하나인 공동묘지에 가서 삶과 죽음을 생각하기도 했다. 유학 시절에는 차갑기만 하고 아름다워 보이지 않던, 고딕 양식의 밀라노 두오모도 아름다워 보였다.

이렇게 밀라노에서 백수로 지낸 그 시간 내내 무척 행복했다.

나는 앞으로도 미친 듯이 열심히 일하고, 그런 뒤에는 반드시 재충전의 시간을 가질 것이다. 하릴없이 거리를 걷고, 한가롭게 뜨거운 커피를 마시며 내 인생을 지금까지보다는 느슨하게 보낼 것이다. 전쟁터 같은 쿠치나가 있다면, 평화가 노래하는 세상도 있어야 하는 법이다.

"일하는 것만큼 잘 노는 것도 중요하다."

두오모 성당을 바라보며
밀라노의 유명한 공동묘지

새로운 시작: 두 손 가득 행복한 레시피를 들고 돌아오다

꼬박 일 년을 이탈리아 중부, 남부, 북부 여기저기에서 보내고 첫발을 내디딘 피렌체로 다시 돌아왔다. 서울로 갈 왕복 티켓 기간이 아직 며칠 남았다. 지난 일 년, 나는 움브리아, 토스카나, 칼라브리아, 풀리아, 티롤, 그리고 밀라노까지 정말 이탈리아 전체를 종횡무진으로 다녔다.

그 일 년 동안 숱한 사람을 만났다. 인생이란 결국 새로운 사람들을 만나고, 이별하고 가슴 속에 서로를 남겨 놓는 것이 아니랴. 만일 떠나지 않았으면 만나지 못했을 인연들이다. 떠나기 전에 쓴 일기장을 보니 새롭게 마음 한 켠이 뿌듯하다. 용기를 내서 새로운 일에 도전한 나에게 박수를 보낸다.

서울로 돌아온 뒤 나의 마음가짐은 이탈리아로 떠날 때와 많이 달라졌다. 무엇보다 덜 불안하다. 무언가를 알차게 배우고 온 뒤라 희망이 솟는다. 그것이 바로 많이 아는 것과 조금 아는 것의 차이라고 생각한다. 나는 조금 알고, 맛만 보고 온 음식의 세계에 고무되었다. 사실 누구나 이때가 가장 행복한 시기가 아닐까.

서울로 돌아와서 떠돌이의 피로감을 씻기 위해 한동안 나른한 휴식을 취하고 있었다. 그렇게 쉬고 있을 때 선배에게서 서울 근교의 한 이탈리안 레스토랑에서 부셰프 자리를 찾는다는 연락을 받았다. 나는 한국 속 이탈리안 레스토랑이 어떤지 궁금했다. 지난 일 년 동안 기라성 같은 선배 셰프들에게 음식을 배우던 이탈리아 본토 쿠치나와 어떻게 같고 어떻게 다른지 알고 싶었다. 내 나라에서 셰프로 첫 의뢰를 받자 기분이 묘했다. 마치 예전에 사진가로서 첫 촬영을 마친 뒤 받은 사진 고료를 통장에서 확인할 때와 같은 기분이었다. 마침내 또 다른 전문가의 세계에 새롭게 발을 내딛게 된 것이다.

레스토랑은 남한강을 끼고 전망 좋은 곳에 자리를 잡고 있다. 이 레스토랑에서 만난, 십오 년 경력의 국내파 셰프(양지형)는 마치 이탈리아 산 로렌초 식당의 셰프 시모네의 동생 같았다. 근성도 성격도 실력도 비슷했다. 두 사람 모두 완벽주의자이고 다른 사람의 실수를 용납하지 않았다. 후배 셰프를 들볶고 닦달은 하지만 또 자신의 경험을 전수해 줌으로써, 쓸 만한 후배 셰프를 길러 내는 좋은 선배이기도 했다. 지형 셰프도 나에게 팬을 돌리는 기술이며, 고기를 손질하는 것을 가르쳐 주었다. 반드시 신선한 재료를 써야 한다고 강조하는 것도 시모네 셰프와 같았다.

서울에서 만난 양지형 셰프.

한 달쯤 지나 내가 레스토랑의 메뉴들을 무난히 소화할 수 있게 되었을 때, 레스토랑이 연중무휴로 문을 열기로 해서, 비교적 사람이 적은 월요일에는 메인 셰프가 쉬고 내가 쿠치나를 책임지기로 했다. 온전히 나 혼자 쿠치나를 책임지는 건 처음이었다.

셰프들에게는 "첫 신고식"이라는 게 있다. 혼자 주방을 책임지는 날, 셰프들이 가장 어려워하는 스테이크를 주문받았다. 스테이크는 고기의 상태에 따라, 육질에 따라 익히는 템포가 다 다르다. 이탈리아에서는 주로 그릴 오븐을 이용해서 고기를 구웠기 때문에 여기에서 일반 팬에 고기 굽는 것이 나에겐 어려운 일이었다. 그런데 혼자 일하는 첫날에 스테이크와 코스 요리 주문이 줄줄이 들어왔다.

그러나 셰프라면 메뉴판에 있는 사십여 가지 메뉴를 혼자 다 할 줄 알아야 한다. 한가한 월요일이라 해서 혼자 쿠치나를 맡았는데, 그날 따라 손님은 왜 그렇게 많이 밀려드는지. 나는 최대한 실력을 발휘하며 이리 뛰고 저리 뛰며 전쟁을 치르듯 재빠르게 음식을 만들었다. 웬만큼 시간이 지나자 온전히 내 손으로 만든 음식들이 빈 접시로 되돌아오는, 영광스런 신고식을 치렀다. 혼자서 모든 것을 책임진 열 시간의 고된 노동이었지만, 몰려드는 큰 감동에 가슴이 떨렸다.

시간이 좀 더 지나, 두 번째로 일한 곳은 아트홀이었다. 여기는 주로 예약 손님을 받는 곳이어서 여유 있게 음식을 만들 수 있었다. 훗날 내 레스토랑의 특별한 손님들을 위해 미리 연습을 해두고 싶은 마음으로 이곳을 선택하였다.

저마다 인생에서 중요하고 의미 있는 시간이 있는데, 그 시간을 기억할 만한 아름다운 장소는 그리 많지 않다. 의미 있는 소중한 모임이 소란스러운 뷔페에서 형식적인 인사치레로 끝나는 경우가 많다. 그래서 소중하고 의미 있는 시간을 보내고자 하는 사람들을 위해서 좋은 장소와 맛있는 음식, 여유로운 시간을 제공하고 싶은 게 나의 오랜 바람이다.

아트홀은 이름에 걸맞게 음악회가 많다. 살롱 콘서트를 마치고 나온 사람들을 위해서 와인이나 맥주 파티가 주로 열렸다. 와인이나 맥주에 곁들일 이탈리안 브루스케타를 굽고, 빵을 굽고, 카프레제를 만들고, 신선한 샐러드와 치즈, 갖가지 햄을 종류별로 준비해 놓는다. 이곳에서 드디어 내가 배운 음식을 차분히 보여 줄 수 있는 시간을 가질 수 있었다.

어느 날, 예약 손님이 스무 명이라고 했다. 그들을 위해 무엇을 준비할지, 지난 일 년 내가 배운 음식을 총망라해 머릿속에 그려 보았다. '안티파스토, 프리모, 세콘도, 돌체까지 이탈리아 정찬 코스를 한번 해 볼까.'

누군가를 위해 음식을 준비하는 시간은 참으로 나를 기쁘게 한다. 그들에게 행복을 안겨 주기 위한, 나만의 성스러운 의식이라고나 할까. 클래식 공연이 끝나고 나온 사람들은 아직도 음악의 여운을 간직하고 있다. 그 분위기를 흐트리면 안 된다. 일단 품위 있는 색과 맛의 애피타이저로 사람들의 눈을 호사시키기로 했다.

안티파스토는 카프레제를 준비했다. 흰색의 생모차렐라와 빨간색의 토

마토 그리고 초록색 바질 잎을 끼워 넣어 이탈리아 국기 색을 표현했다. 이 음식이 너무 도전적인 것은 아닌지 잠깐 망설이다가 이내 마음을 추슬렀다.

프리모는 오래 끓인 라구 소스에 팬네를 하기로 하고, 토마토 소스를 서너 시간 동안 뭉근하게 끓이니 구수한 냄새로 주방이 꽉 찼다. 세콘도는 농촌 닭요리를 하기로 했다. 더불어 그동안 틈틈이 커피 만드는 법을 배운 초보 바리스타로서 갓 볶은 커피콩을 준비해 놓았다.

음악회가 끝나고 사람들이 나오기를 기다리며, 테이블 세팅을 마치고 그릇을 준비하고, 무엇보다 중요한 오븐의 예열 온도를 확인했다. 오븐은 씩씩하게 윙윙 돌아가고, 내 음식들은 냄비 속에서 접시 위에서 높이 쌓인 그릇들과 함께 전쟁터에 나갈 전투 태세를 갖추고 있었다. 조금 있으면 사람들이 내 음식을 먹을 것이었다.

이탈리아로 떠나기 위해서 짐 가방을 싸던 일, 페루자에서 40도가 넘는 주방에서 가지를 튀겨내던 일, 새벽에 피자를 배우러 가느라고 새벽별을 보던 일, 사비나와 다니엘레 셰프와 함께 추운 겨울 커피를 마시며 주방 일이 고되다며 서로를 위로하던 일, 그리고 서울에서 지형 셰프가 시저 샐러드의 닭 가슴살을 태운다고 몇 번이고 다시 하라며 눈물을 뽑게 하던 일 들이 주마등처럼 스친다.

그렇게 나는 여러 사람의 도움으로 "작은 셰프(un piccolo chef)"가 되었다. 내가 만난 셰프들은 요리를 하는 것은 "사랑"을 하는 것과 같아서 자신도 모르는 사이 어느새 요리에 빠져 들었다고 했다.

나는 오랜 세월 요리를 한 사람은 아니다. 셰프가 되기에는 아직도 많이 부족한 점이 많다. 그러나 어느 선배 셰프가 말했듯이, 음식을 하는 것은 테크닉도 중요하지만 요리를 상상할 수 있는 능력, 그 사람이 갖고 있는 문화적 소양과 가치관이 더 중요하리라. "남의 것을 베끼는 데 그치지 않고, 창의성을 발휘해야 훌륭한 셰프가 될 수 있다"고 하지 않았던가. 내가 열 시간의 비행을 마다하지 않고 그곳으로 날아간 이유이기도 하다. 나는 제대로 된 음식을 하기 위해 앞으로도 끊임없이 배울 것이다.

새로운 앞날에 기쁘고 힘든 일들도 많을 것이다. 그러나 잘 헤쳐 나가리라. 그것이 내가 선배 셰프들로부터 배워 온 것이고, 내 삶의 방향이다.

새로 산 멋들어진 셰프복의 매무새를 고치며, 화려한 백조처럼 사람들 앞에 나설 준비를 한다. '베로니카, 이제 드디어 셰프로 날아 보는 거야!'